Tschingis Aitmatow

Tiergeschichten

Zu diesem Buch

Aus allen Werken von Tschingis Aitmatow spricht eine einzigartige Verbundenheit, ja, innere Verwandtschaft zwischen Tieren und Menschen, die durch eine gemeinsame Natur miteinander verknüpft sind. Inspiriert oft durch alte Volkssagen, erzählt er von Wölfen und Pferden, vom alternden Schneeleoparden, vom Flug der Ente Luwr, die die Welt erschaffen hat, der Gehörnten Hirschmutter, dem Ruf des Vogels Denenbai und vielen anderen. Bevor er Schriftsteller wurde, arbeitete Aitmatow als ausgebildeter Tiermediziner. Mit seinen Tiergeschichten will er eine Grenze überwinden: »In der Literatur wurden die Tiere bisher aus der menschlichen Sichtweise dargestellt, aber ich möchte die Welt mit ihren Augen betrachten.«

»Man spürt Aitmatows innigen Bezug zu unseren Mitgeschöpfen. Und konsequenterweise macht er bei seinen Schilderungen auch nicht vor den Zerstörungen und dem Gemetzel des Menschen an der Natur halt. Ein schönes, kurzweiliges und tief berührendes Leseerlebnis.« *Expuls*

Der Autor

Tschingis Aitmatow, 1928 in Kirgisien geboren, arbeitete nach der Ausbildung an einem landwirtschaftlichen Institut zunächst in einer Kolchose. Nach ersten Veröffentlichungen zu Beginn der Fünfzigerjahre besuchte er das Maxim-Gorki-Literaturinstitut in Moskau und wurde Redakteur einer kirgisischen Literaturzeitschrift, später der Zeitschrift *Novyj Mir.* Mit der Erzählung *Dshamilja* erlangte er Weltruhm. Tschingis Aitmatow verstarb am 10. Juni 2008 im Alter von 79 Jahren.

Im Unionsverlag sind außerdem lieferbar: *Abschied von Gülsary; Du meine Pappel im roten Kopftuch; Der Richtplatz; Dshamilja; Aug in Auge; Die Klage des Zugvogels; Ein Tag länger als ein Leben; Begegnung am Fudschijama; Der weiße Dampfer; Das Kassandramal; Goldspur der Garben; Kindheit in Kirgisien; Liebesgeschichten; Frühe Kraniche; Der Schneeleopard; Der Junge und das Meer* und *Die Kraft der Schamanen.*

Mehr über den Autor und sein Werk auf *www.unionsverlag.com*

Tschingis Aitmatow

Tiergeschichten

Mit einem Nachwort von Irmtraud Gutschke
zu Leben und Werk von Tschingis Aitmatow

Aus dem Russischen von Friedrich Hitzer,
Leo Hornung und Charlotte Kossuth

Unionsverlag

Im Internet
Aktuelle Informationen, Dokumente und Materialien
zu Tschingis Aitmatow und diesem Buch
www.unionsverlag.com

Unionsverlag Taschenbuch 979

Neptunstrasse 20, CH-8032 Zürich
Telefon +41 44 283 20 00
mail@unionsverlag.ch

Die erste Ausgabe dieses Werks im Unionsverlag erschien 2020
Reihengestaltung: Heinz Unternährer
Umschlagmotiv: Natalia Lukiianova (Alamy Stock Photo)
Umschlaggestaltung: Sven Schrape
Satz: Greiner & Reichel, Köln
Druck und Bindung: CPI – Clausen & Bosse, Leck
ISBN 978-3-293-20979-4

Der Unionsverlag wird vom Bundesamt für Kultur mit einem
Verlagsförderungs-Strukturbeitrag für die Jahre 2021–2024 unterstützt.

Auch als E-Book erhältlich

Inhalt

Gülsary der Passgänger

Es war eine schöne Zeit für Tanabai und für den Passgänger. Mit dem Ruhm eines Rennpferds ist es wie mit dem Ruhm eines Fußballers. Der Junge, der gestern noch den Ball auf den Hinterhöfen vor sich hergetrieben hat, wird plötzlich der Liebling aller, Gesprächsthema für Kenner und Gegenstand der Begeisterung für die Masse. Solange er Tore schießt, wächst sein Ruhm ständig. Dann verschwindet er allmählich vom Spielfeld und wird vergessen. Und als Erste vergessen ihn diejenigen, deren Begeisterung am größten war. So ist es auch mit dem Ruhmeszug eines Rennpferds. Es ist berühmt, solange es ungeschlagen ist. Der Unterschied liegt nur darin, dass niemand das Pferd beneidet. Pferde können nicht neidisch sein, und die Menschen haben Gott sei Dank noch nicht gelernt, einem Pferd etwas zu neiden. Allerdings geht der Neid oft unbegreifliche Wege, und es haben schon Menschen Nägel in Pferdehufe getrieben, um ihren Widersachern zu schaden. O dieser schwarze Neid!

Die Prophezeiung des alten Torgoi erfüllte sich. In jenem Frühling stieg der Stern des Passgängers. Alt und Jung kannte ihn: Gülsary! Den Passgänger Tanabais. Die Zierde des Ails. Die dreckigen Steppkes, die noch kein R sprechen konnten, galoppierten durch die staubigen Straßen und schrien um die Wette: »Ich bin Gülsaly. – Nein, ich.

Mama, sag, dass ich Gülsaly bin. Tschu, volwälts, a-iij, ich bin Gülsaly!«

Was Ruhm bedeutet und welche große Kraft ihm innewohnt, erkannte der Passgänger bei seinem ersten großen Rennen.

Es war am Ersten Mai.

Nach der Kundgebung auf der großen Wiese am Fluss begannen die Spiele. Von allen Ecken und Enden waren die Menschen zusammengeströmt, aus dem benachbarten Sowchos, aus den Bergen und selbst aus Kasachstan. Die Kasachen stellten ihre Pferde zur Schau.

Man sprach davon, dass es seit dem Krieg noch kein solches Fest gegeben hatte.

Schon am Morgen, als Tanabai ihn sattelte und mit besonderer Sorgfalt die Bauchgurte und die Befestigung der Steigbügel prüfte, spürte der Passgänger am Glanz der Augen und am Zittern der Hände seines Herrn, dass etwas Außergewöhnliches bevorstand. Der Herr schien sehr aufgeregt.

»Mach mir keine Schande, Gülsary«, flüsterte er, während er ihm die Mähne kämmte. »Wir können uns das nicht leisten, verstehst du! Du kannst dich nicht blamieren!«

Ein Ereignis lag in der von Stimmengewirr und geschäftigem Lärm erfüllten Luft. Neben ihnen sattelten die anderen Hirten ihre Pferde. Die Jungs waren ebenfalls hoch zu Ross, schreiend jagten sie umher. Dann saßen die Hirten auf, und alle ritten zum Fluss.

Gülsary stutzte, als er die Menschenmenge und die vielen Pferde auf der Wiese sah. Der Lärm und das Getöse drangen über den Fluss und die Wiesen bis zu den Hügeln. Die grell leuchtenden Tücher und Gewänder, die weißen

Turbane auf den Köpfen der Frauen und die roten Fahnen flimmerten ihm vor den Augen. Die Pferde prunkten im besten Geschirr. Die Steigbügel klirrten, die Trensen klimperten, hell klangen die Silberanhängsel der Brustriemen.

Die Pferde mit ihren Reitern drängten einander, so eng standen sie. Sie stampften ungeduldig, zerrten am Zügel und scharrten mit den Hufen. Die Alten eröffneten die Spiele, sie bildeten einen Kreis und vollführten Reiterkunststücke.

Gülsarys Spannung wuchs, er bebte vor Kraft. Wie Feuer brannte es in ihm. Er wollte so rasch wie möglich in den Kreis stürzen und losjagen.

Als die Ordner das Zeichen gaben und Tanabai die Zügel lockerließ, trug ihn der Passgänger tänzelnd in die Mitte des Kreises. Durch die Reihen ging ein Raunen: »Gülsary! Gülsary!«

Alle, die am großen Rennen teilnehmen wollten, ritten vor. Es waren an die fünfzig Reiter.

»Bittet das Volk um den Segen!«, verkündete der Leiter der Spiele feierlich.

Die Reiter mit den glatt rasierten Köpfen und den straffen Stirnbinden ritten die Menge ab, hoben die geöffneten Hände, und wie ein Seufzer wallte das »Aameen« von einem Ende zum anderen. Hunderte von geöffneten Händen hoben sich an die Stirnen und senkten sich wie Wasserstrahlen über die Gesichter.

Dann zogen die Reiter zum Start, der sich in neun Kilometer Entfernung auf offenem Feld befand.

Die Spiele im Kreis begannen: Kämpfe zu Fuß und zu Pferde, Versuche, den anderen aus dem Sattel zu heben, Aufnehmen von Münzen in vollem Galopp und Ähnliches wurde geboten. Aber das war nur die Einleitung, der Hauptkampf begann dort draußen am Start, zu dem die Reiter aufgebrochen waren.

Gülsary erhitzte sich auf dem Weg. Er begriff nicht, warum sein Herr ihn zurückhielt. Neben ihm tummelten sich die anderen. Und da es so viele waren und alle vorandrängten, zitterte Gülsary vor Ungeduld.

Endlich standen alle in einer Reihe am Start, Kopf an Kopf. Der Starter ritt die Front ab und hob das weiße Tuch. Alles erstarrte vor Erregung und Anspannung. Das weiße Tuch senkte sich. Die Pferde rasten los, und mit ihnen stürmte Gülsary vorwärts. Die Erde dröhnte unter den Hufen, Staub wirbelte auf. Unter den antreibenden Zurufen der Reiter streckten sich die Pferde in wildem Galopp. Nur Gülsary ging im Passgang, darin lag seine Schwäche und seine Stärke.

Zunächst blieben alle beisammen, aber schon nach einigen Minuten zog sich das Feld auseinander, Gülsary sah, wie schnelle Pferde ihn überholten. Ihre Hufe schleuderten ihm heißen Schotter und trockene Lehmklumpen ins Gesicht. Überall galoppierten Pferde, schrien Reiter, pfiffen die Kantschus, wurde Staub hochgewirbelt. Zurück blieb eine Wolke über der Steppe.

Es roch nach Schweiß, stiebenden Funken und zerstampftem jungem Wermut.

So blieb es fast bis zum halben Geläuf. Vor dem Passgänger lag immer noch ein Dutzend Pferde. Kein Pferd lief auf gleicher Höhe mit ihm. Der Lärm der Zurückgebliebenen verhallte. Tanabai gab Gülsary die Zügel nicht frei, und das machte ihn wütend. Der Wind und die Erbitterung trübten ihm die Augen. Rasch glitt das Geläuf unter seinen Hufen dahin. Die Sonne rollte ihm als feuriger Ball entgegen. Sein Körper war in heißen Schweiß gebadet, und je mehr er schwitzte, desto leichter wurde ihm.

Die galoppierenden Pferde wurden müde und langsamer. Der Passgänger hatte die höchste Entfaltung seiner Kräfte noch nicht erreicht. »Tschu, Gülsary, tschu!«, hörte er die Stimme des Herrn, und die Sonne rollte ihm noch schneller entgegen. Wutverzerrte Reitergesichter, in der Luft stehende Peitschen, geöffnete, röchelnde Pferdemäuler flogen vorüber und blieben zurück. Die Macht der Trense war gebrochen. Gülsary spürte weder Sattel noch Reiter mehr, in ihm brauste nur der flammende Odem des Rennens.

Bald liefen nur noch zwei Pferde vor ihm, ein Grauschimmel und ein Fuchs, starke Rennpferde, und Gülsary holte sie lange nicht ein. Erst an einer Steigung ließ er sie hinter sich. Er nahm die Anhöhe, schwebend und schwerelos, als trüge ihn eine Meereswelle. In seiner Brust brannte es wie Feuer, und die Sonne strahlte noch heller, als er das Geläuf hinunterschoss. Doch bald hörte er hinter sich den Hufschlag aufkommender Pferde. Der Grauschimmel und der Fuchs forderten ihn. Sie schlossen von beiden Seiten dicht auf und gaben keinen Schritt mehr preis.

So jagten sie zu dritt Kopf an Kopf dahin. Gülsary schien es, als liefen sie nicht mehr, sondern als seien sie schweigend erstarrt. Er sah den Ausdruck der Augen, die angespannt vorgestreckten Mäuler, die Trensen, Zäume, Zügel. Der Grauschimmel blickte wild und trotzig, der Fuchs war unruhig, sein Blick unsicher. Er ließ als Erster nach. Sein umherirrendes Auge, das Maul, die geblähten Nüstern blieben zurück, und dann war er nicht mehr zu sehen. Der Grauschimmel quälte sich lange. Sein Auge funkelte in hilfloser Wut.

Dann blieb auch er zurück. Als die Gegner ausgeschaltet waren, wurde es leichter. Vorn schimmerte silbern der Fluss, grün leuchtete die Wiese, und schon drang das Tosen menschlicher Stimmen herüber. Die leidenschaftlichsten Zuschauer ritten johlend und schreiend am Geläuf entlang. Der Passgänger wurde plötzlich müde. Die große Entfernung machte sich bemerkbar, die Kräfte ließen nach.

Aber dort vorn rumorte und wogte die Menge. Das Schreien wurde immer stärker, und plötzlich hörte Gülsary klar und deutlich seinen Namen: »Gülsary! Gülsary!« Der Ruf verstärkte seine Kraft, riss ihn vorwärts.

Unter nicht enden wollendem Jubelgeschrei trabte Gülsary zwischen den Reihen hindurch, mäßigte den Gang und beschrieb auf der Wiese einen Kreis.

Aber das war noch nicht alles. Jetzt gehörten er und sein Herr nicht mehr nur sich allein. Während der Passgänger verschnaufte, lief die Menge zusammen, umschloss die beiden. Und wieder erklang der Ruf: »Gülsary, Gülsary, Gülsary!« Viele riefen auch: »Tanabai, Tanabai, Tanabai!«

Stolz und feurig trabte Gülsary in dem Kreis, mit hoch erhobenem Kopf und blitzenden Augen. Vom Hauch des Ruhmes trunken, beschrieb er tänzelnd ein Travers und fiel dann in eine Passage. Er spürte, dass er schön, stark und berühmt war.

Tanabai ritt mit den ausgebreiteten Armen des Siegers, und wieder wallte das »Aameen« wie ein Seufzer von einem Ende zum anderen, hoben sich Hunderte von geöffneten Händen an die Stirnen und senkten sich wie Wasserstrahlen über die Gesichter.

Unter den vielen Gesichtern war auch das jener Frau. Gülsary erkannte es sofort, obwohl es heute nicht von dem dunklen Schal, sondern von einem weißen Kopftuch umrahmt war. Sie stand in der vordersten Reihe, glücklich und voll Freude. Ihre Augen hingen an Ross und Reiter und schillerten wie die sonnenbeschienenen Steine im schnellen Wasser der Tränke. Gülsary zog es zu ihr hin, er wollte neben ihr stehen, und der Herr sollte mit ihr sprechen. Sie würde ihm zärtlich durch die Mähne streicheln und seinen Hals tätscheln, mit ihren wunderbaren Händen, geschmeidig und feinfühlig wie die Lippen jener kleinen braunen Stute mit der Blesse. Aber Tanabai lenkte ihn zur anderen Seite. Der Passgänger drängte und strebte zu ihr hin, und er verstand seinen Herrn nicht.

Auch der nächste Tag, der zweite Mai, gehörte Gülsary. Am Nachmittag fand am Fluss das Bockabjagen statt, eine Art Fußball zu Pferde. Als Ball dient ein ausgeweideter Ziegenbock ohne Kopf. Der Bock ist dazu geeignet, da er ein festes, langes Wollkleid besitzt und man ihn vom Pferd aus an den Beinen und am Balg packen kann.

Wieder hallte die Steppe von uralten Schreien wider, wieder dröhnte die Erde unter den Hufen. Die begeisterten Zuschauer jagten auf ihren Pferden johlend und schreiend um das Spielfeld. Wieder war Gülsary der Held des Tages. Von der Aureole des Ruhms umgeben, war er von Anfang an die stärkste Figur im Spiel. Tanabai schonte ihn jedoch für den Endkampf, für die Alaman-baiga, den Räuberritt: Wer schnell und geschickt war, der konnte den Bock in seinen Ail tragen. Auf den Räuberritt warteten alle, er war der Höhepunkt des Wettstreits, an ihm konnte jeder Reiter teilnehmen. Und jeder wollte sein Glück versuchen.

Inzwischen hatte sich die Maisonne tief über das ferne Kasachstan gesenkt, rund und dunkelgelb wie ein Eidotter. Man konnte in sie hineinsehen, ohne zu blinzeln.

Bis zum Abend jagten Kirgisen und Kasachen, in den Sätteln hängend, durch die Steppe, ergriffen im gestreckten Galopp den Bock, rissen ihn einander aus den Händen, drängten sich zu lärmenden Knäueln zusammen und stoben schreiend auseinander.

Erst als lange, bunte Schatten über der Steppe spielten, gaben die Alten den Räuberritt frei. Der Bock wurde in den Kreis geworfen, und es erscholl der Ruf: »Alaman!«

Von allen Seiten jagten die Reiter auf den Bock zu und versuchten, ihn an sich zu reißen. Das war im Gedränge nicht so leicht. Die Pferde drehten sich wie besessen, bleckten die Zähne und bissen um sich. Gülsary wurde es heiß bei der Rauferei, er strebte in den freien Raum, aber Tanabai gelang es nicht, den Bock zu fassen. Da erscholl der gellende Ruf: »Die Kasachen haben ihn!« Ein junger Kasache in zerfetzter Bluse brach auf einem wilden braunen Hengst aus dem Pferdegetümmel. Er hatte den Bock am Steigbügel.

»Haltet ihn! Den Braunen!«, brüllten die Reiter und jagten hinter ihm her. »Schnell, Tanabai, nur du kannst ihn einholen!«

Den baumelnden Bock am Bügel, galoppierte der Kasache geradewegs in die untergehende rote Sonne hinein.

Gülsary wusste nicht, warum Tanabai ihn zurückhielt. Der kasachische Dshigit sollte sich von Verfolgern lösen, und der Abstand zwischen ihm und seinen Landsleuten, die ihm zur Hilfe eilten, sollte größer werden. Denn gelang es ihnen, den Braunen schützend zu umgeben, würde niemand ihnen die Trophäe entreißen können. Nur im Kampf Reiter gegen Reiter konnte man auf einen Erfolg hoffen.

Nachdem er lange genug gewartet hatte, gab Tanabai die Zügel frei. Gülsary schmiegte sich an die der Sonne entgegeneilende Erde. Hufschlag und Stimmen blieben zurück, die Entfernung zum Braunen wurde immer kleiner. Der Hengst hatte den Bock zu schleppen. Tanabai lenkte den Passgänger an die rechte Seite des Braunen. Hier hing der Bock, der Stiefel des Reiters presste ihn an die Flanke. Als sie auf gleicher Höhe waren, beugte sich Tanabai aus dem Sattel und griff nach einem Bein des Bocks. Aber der Kasache warf den Bock geschickt auf die linke Seite. Die Pferde jagten immer noch auf die Sonne zu. Tanabai musste verhalten und in einem neuen Anlauf die linke Seite ansteuern. Es war schwer, den Passgänger bei voller Geschwindigkeit von dem Braunen zu lösen; aber es gelang. Da warf der Kasache den Bock wieder auf die rechte Seite.

»Prachtkerl!«, schrie Tanabai leidenschaftlich.

Und die Pferde jagten immer noch in die Sonne hinein.

Kein weiteres Risiko! Tanabai steuerte den Passgänger dicht an den Braunen heran und warf sich über den Sattelbug des Kasachen; der versuchte zu entkommen, aber Tanabai hielt ihn fest. Die Schnelligkeit und Wendigkeit des Passgängers erlaubten ihm, fast auf dem Hals des Hengstes zu liegen. So beugte er sich zum Bock hinunter und bekam ihn zu fassen. Als er den Bock fest im Griff hatte, brüllte er: »Halt dich fest, Bruder!«

»Gib nicht so an, Freund!«, antwortete der Kasache.

Die Pferde rannten wie besessen. Der Kampf tobte. Wie Adler krallten sich die Männer an der Beute fest, schrien aus Leibeskräften, ächzten und knurrten bedrohlich wie

Raubtiere. Die Hände verkrampften sich ineinander, unter den Nägeln trat das Blut hervor. Wild jagten die durch den Zweikampf der Reiter aneinandergefesselten Pferde der purpurnen Sonne entgegen.

Gesegnet seien unsere Ahnen, die uns diese männlichen Spiele der Furchtlosen überliefert haben!

Der Bock war zwischen ihnen, sie hielten ihn mitten zwischen den Pferden. Die Entscheidung nahte. Schweigend, mit zusammengebissenen Zähnen, alle Kräfte anspannend, war jeder bemüht, den Bock unter den Steigbügel zu bekommen, um sich dann loszureißen und den Verfolger abzuschütteln. Der Kasache war stark. Er hatte mächtige sehnige Hände, und er war viel jünger als Tanabai. Aber viel wert ist Erfahrung. Überraschend nahm Tanabai den Fuß aus dem Steigbügel und drückte ihn dem Braunen in die Flanke. Während er den Bock zu sich heranzog, gab er dem Pferd einen Stoß, und die Finger des Gegners lösten sich.

»Halt dich fest!«, rief ihm der Besiegte noch zu.

Von dem starken Stoß wäre Tanabai fast aus dem Sattel geflogen. Aber er blieb oben. Ein Jubelschrei entrang sich seiner Brust. Mit einer harten Kehrtwendung machte er sich davon, die im ehrlichen Zweikampf erbeutete Trophäe unterm Steigbügel. Eine Schar brüllender Reiter kam ihm entgegen. »Gülsary! Gülsary hat gewonnen!«

Eine große Gruppe Kasachen ritt zur Gegenattacke.

Jetzt galt es, diesem Angriff zu entgehen und sich so rasch wie möglich unter den Schutz der eigenen Reiter zu begeben.

Tanabai wendete den Passgänger scharf und ließ die Angreifer stehen. Ich danke dir, Gülsary, du mein Guter, Kluger!, sagte er in Gedanken, während das Pferd der geringsten

Bewegung seines Körpers folgte, sich von einer Seite zur anderen warf und so den Verfolgern auswich.

Fast an die Erde geschmiegt, brachte Gülsary die schwierigen Zickzacks hinter sich und gewann den freien Raum. Dort umringten ihn die Reiter aus Tanabais Ail, sie deckten ihn von allen Seiten, und als geschlossener Haufe nahmen sie Reißaus, aber die Verfolger verlegten ihnen den Weg. Wieder musste man kehrtmachen und zu entkommen suchen. Wie Schwärme schneller Vögel flogen die flüchtenden und hetzenden Reiterscharen über die weite Steppe. Staub lag in der Luft, Stimmen schwirrten, dort stürzte ein Pferd, hier flog ein Reiter über den Kopf seines Tieres, ein anderer versuchte hinkend, sein Pferd einzufangen. Alle hatte die Wettkampfbegeisterung und -leidenschaft gepackt. Im Spiel ist niemand verantwortlich. Gefahr und Kühnheit haben eine Mutter.

Die Sonne lugte nur noch mit einem schmalen Rand über den Horizont, es dämmerte, aber noch immer wälzte sich der Räuberritt durch die blaue Abendkühle und ließ die Erde unter den Hufen erbeben. Niemand schrie mehr, niemand wurde mehr verfolgt, alle jagten wie im Rausch weiter. Weit auseinandergezogen wälzte sich die Lawine als dunkle Welle unter der Macht von Rhythmus und Musik des Laufs von Hügel zu Hügel. Waren nicht davon die Gesichter der Reiter so gesammelt und still, hatte nicht das die Laute der kasachischen Dombra und des kirgisischen Komus hervorgebracht?

Sie näherten sich dem Fluss, der matt zwischen den dunklen Sträuchern schimmerte. Jenseits des Flusses war das Spiel zu Ende, dort war der Ail. Tanabai war immer noch von einem geschlossenen Haufen umgeben, der ihn in die Mitte genommen hatte, wie Geleitboote ein Schiff.

Gülsary war müde, sehr müde. Der Tag war anstrengend gewesen. Er hatte keine Kraft mehr. Zwei Dshigiten hielten ihn am Zaum und stützten ihn von beiden Seiten. Tanabai lag mit der Brust auf dem Bock, den er vor sich über den Sattel geworfen hatte. Ihn schwindelte, er konnte sich kaum noch im Sattel halten. Ohne die Reiter wäre weder er noch der Passgänger über den Fluss gekommen. So war man wohl schon vorzeiten mit der Beute geflohen, so hatte man wohl schon vorzeiten einen Verwundeten vor der Gefangenschaft bewahrt.

Da waren der Fluss, die Wiese und die breite kieselbedeckte Furt. Noch war sie zu sehen in der Dunkelheit.

Die Reiter warfen sich in die Flut. Der Fluss brauste und schäumte. Durch spritzenden Gischt und unter ohrenbetäubendem Hufgeklirr zogen die Dshigiten den Passgänger ans Ufer. Das war der Sieg!

Einer hob den ausgeweideten Bock von Tanabais Sattel und galoppierte in den Ail.

Die Kasachen blieben jenseits des Flusses.

»Wir danken euch für das Spiel!«, riefen die Kirgisen ihnen zu.

»Lebt wohl! Im Herbst treffen wir uns wieder!«, klang es herüber, und die Kasachen wendeten die Pferde.

Es war dunkel. Tanabai war im Ail zu Gast. Der Passgänger stand mit anderen Pferden angebunden im Hof. Noch nie war er so müde gewesen, ausgenommen am ersten Tag des Zureitens. Aber damals war er ein Hänfling im Vergleich zu heute. Drinnen sprach man über ihn.

»Trinken wir auf Gülsary, Tanabai! Ohne ihn hätten wir heute nicht gesiegt.«

»Ja, der Braune war stark wie ein Löwe. Auch der Dshigit war stark. Er wird es weit bringen bei ihnen.«

»Du hast recht. Ich habe immer noch Gülsary vor Augen, wie er den Kasachen entging und sich wie Gras an die Erde schmiegte. Es verschlägt einem den Atem!«

»Ja! In alten Zeiten hätten Recken ihn geritten. Das ist kein gewöhnliches Pferd, das ist ein Märchenross.«

»Wann lässt du ihn zu den Stuten, Tanabai?«

»Er ist schon jetzt hinter ihnen her; aber ich denke, es ist noch zu zeitig. Im nächsten Frühjahr wird es gerade richtig sein. Im Herbst lass ich ihn frei, damit er sich kräftigt.«

Lange noch saßen die angeheiterten Männer beisammen, riefen sich Einzelheiten des Räuberritts ins Gedächtnis und sprachen über die Vorzüge des Passgängers, der draußen völlig erschöpft an der Trense nagte. Eine hungrige Nacht stand ihm bevor. Aber es war nicht der Hunger, der ihn plagte. Die Schultern schmerzten, er spürte die Beine nicht mehr, die Hufe brannten, und im Kopf rumorte immer noch das Geschrei der Alaman-baiga. Immer noch glaubte er die Verfolger hinter sich. Ab und zu schreckte er auf, schnaubte und spitzte die Ohren. Wie gern hätte er sich jetzt im Gras gewälzt, sich geschüttelt und inmitten der Herde geweidet. Aber der Herr kam nicht heraus.

Endlich tauchte er leicht schwankend in der Dunkelheit auf. Ein scharfer, beißender Geruch ging von ihm aus. Das kam selten vor bei ihm. Ein Jahr später sollte der Passgänger es mit einem zu tun haben, von dem dauernd ein solcher Geruch ausging. Und er wird diesen Menschen hassen und den ekelhaften Geruch.

Tanabai ging zum Pferd, klopfte ihm auf den Widerrist und schob die Hand unter die Satteldecke. »Hast dich etwas abgekühlt? Bist müde? Ich bin auch hundemüde. Sieh mich nicht so scheel an, ich habe getrunken, aber auf dein Wohl. Es ist doch Feiertag. Ich kenne mein Maß, merk dir das! Auch an der Front kannte ich es. Also komm, sieh mich nicht so an. Gleich reiten wir zur Herde und ruhen uns aus.« Er zog die Sattelgurte fest, sprach noch mit den anderen, die aus dem Haus gekommen waren, dann saßen alle auf und sprengten davon.

Tanabai ritt durch die schlafenden Straßen des Ails. Alles war still, die Fenster waren dunkel. Kaum hörbar tuckerte ein Trecker auf dem Feld. Über den Bergen stand der Mond, die Apfelblüten in den Gärten schimmerten weiß, eine Nachtigall schluchzte. Sie schien die Einzige zu sein im Ail. Sie sang und lauschte ihrer Stimme. Dann verstummte sie, bis sie wieder schlug.

Tanabai verhielt den Passgänger. »Wie schön!«, sagte er laut. »Und wie ruhig! Nur die Nachtigall schlägt. Verstehst du, Gülsary? Du möchtest zur Herde, aber ich …« Sie ritten an der Schmiede vorüber und hätten hier in die letzte Straße, die zum Fluss führte, einbiegen müssen. Aber den Herrn zog es zur anderen Seite. Er ritt die Hauptstraße entlang und hielt an deren Ende vor dem Haus, in dem jene Frau wohnte. Das Hündchen kam angelaufen, bellte und wedelte mit dem Schwanz. Der Herr schwieg, er schien zu überlegen, dann seufzte er und zog unentschlossen am Zügel.

Der Passgänger ging weiter. Tanabai ritt zum Fluss. Auf dem Weg ließ er das Pferd traben. Gülsary war es recht, er wollte möglichst rasch zur Herde. Sie passierten die Wiese, da war der Fluss, die Hufe klapperten übers Ufergeröll. Das Wasser war kalt und brausend. Plötzlich, mitten in der Furt, riss der Herr hart am Zügel und wendete. Gülsary schüttelte den Kopf und glaubte, der Herr habe sich geirrt. Sie mussten doch nicht zurück! Als Antwort versetzte Tanabai ihm eins mit der Peitsche. Gülsary mochte es nicht, wenn er geschlagen wurde. Gereizt kaute er an der Trense und gehorchte widerwillig. Wieder über die Wiese, den Weg entlang bis zum selben Hof.

Vor dem Haus rutschte der Herr erneut unruhig im Sattel hin und her und zerrte an der Trense, dass man nicht wusste, wo er hinwollte. Sie hielten am Tor, von dem nur ein krummer Pfosten übrig geblieben war. Wieder kam das Hündchen. Im Haus war es still und dunkel.

Tanabai stieg aus dem Sattel und ging über den Hof. Den Passgänger am Zügel führend, näherte er sich dem Fenster und klopfte an die Scheibe.

»Wer ist da?«, rief die Frau.

»Ich bins, Bübüdshan! Mach auf. Hörst du, ich bins!«

Im Haus flammte ein Streichholz auf, und ein matter Lichtschein erleuchtete das Fenster.

»Was willst du? Woher kommst du mitten in der Nacht?«

Bübüdshan erschien in der Tür. Sie trug ein offenes weißes Hemd. Die dunklen Haare fielen auf die Schulter herab. Der Duft des warmen Körpers und der wilde Geruch des unbekannten Krautes umgaben sie.

»Entschuldige bitte«, sagte Tanabai leise. »Wir sind spät von der Alaman-baiga fortgeritten. Ich bin müde. Und das Pferd ist am Ende. Es braucht Ruhe, und bis zur Herde ist es weit, das weißt du selbst.«

Bübüdshan schwieg.

Ihre Augen flammten auf und erloschen wie die Steine auf dem Grund einer mondbeschienenen Tränke. Der Passgänger wartete, dass sie herantreten und ihm den Hals kraulen möge, aber sie tat es nicht.

»Kalt ists«, sagte sie und zog die Schultern ein. »Nun, was stehst du herum? Komm rein, wenns so ist. Ach du, was du dir da wieder ausgedacht hast.« Sie lächelte leise. »Ich hab mir schon alles zusammengereimt, während du dich auf dem Passgänger hier herumgetrieben hast, wie ein kleiner Junge.«

»Gleich. Ich will nur das Pferd unterstellen.«

»Dort in der Ecke am Dubal kannst dus anbinden.«

Noch nie hatten dem Herrn so die Hände gezittert. Hastig zäumte er den Passgänger ab, lange nestelte er an den Sattelgurten. Den einen lockerte er, während er den anderen vergaß.

Dann trat er mit der Frau ins Haus. Bald verlöschte in den Fenstern das Licht.

Für den Passgänger war es ungewohnt, auf einem fremden Hof zu stehen.

Der Vollmond übergoss die aufragenden nächtlichen Berggipfel mit milchblauem Licht. Feinhörig lauschte Gülsary auf die Geräusche der Nacht. Das Wasser im Aryk murmelte. In der Ferne tuckerte der Trecker, und in den Gärten sang die einsame Nachtigall.

Von den Zweigen des benachbarten Apfelbaums fielen lautlos weiße Blütenblätter auf Kopf und Mähne des Pferdes. Die Nacht schimmerte hell. Der Passgänger trat von einem Fuß auf den anderen und wartete geduldig auf seinen Herrn. Er wusste nicht, dass er hier noch oft würde stehen müssen, die Nacht hindurch bis zum Morgen.

Es dämmerte schon, als Tanabai vor die Tür trat und Gülsary mit warmen Händen aufzäumte.

Jetzt rochen seine Hände auch nach jenem wilden Kraut.

Bübüdshan begleitete Tanabai. Sie schmiegte sich an ihn, und er küsste sie lange.

»Dein Bart sticht«, flüsterte sie. »Beeil dich, es wird hell.« Dann wandte sie sich wieder dem Haus zu.

»Bübüdshan«, rief Tanabai, »komm, streichle ihn, und sei zärtlich zu ihm.« Er nickte dem Passgänger zu. »Beleidige uns nicht!«

»Beinahe hätt ichs vergessen«, sagte sie lachend. »Sieh mal, er ist ganz mit Apfelblüten bedeckt.« Sie flüsterte ihm zärtliche Worte ins Ohr und streichelte ihn mit ihren wunderbaren Händen, geschmeidig und feinfühlig, wie die Lippen der kleinen braunen Stute mit der Blesse.

Jenseits des Flusses fing der Herr zu singen an. Es war schön, unter seinem Lied zu traben, und doch wünschte Gülsary, möglichst bald bei der Herde zu sein.

In jenen Mainächten lächelte Tanabai das Glück. Er hatte die Nachtweide übernommen, und für den Passgänger begann nun ein reges Nachtleben. Am Tag weidete er und ruhte sich aus, und nachts trug er seinen Herrn, wenn der die Herde in eine Senke getrieben hatte, zu jener Frau. Beim ersten Morgengrauen jagten sie wie Pferdediebe auf verborgenen Steppenpfaden zur Herde zurück. Tanabai trieb die Herde aus der Senke und zählte die Pferde. Der Passgänger war übel dran. Tanabai ließ ihn in der weglosen Steppe scharf gehen.

Gülsary wäre am liebsten für immer bei der Herde geblieben. In ihm erwachte der Beschäler. Noch vertrug er sich leidlich mit dem Leithengst. Aber mit jedem Tag gerieten sie häufiger aneinander, wenn sie derselben Stute nachstiegen. Immer öfter reckte Gülsary den Hals, hob den Schweif und stellte sich vor der Herde zur Schau. Er wieherte schwärmerisch und biss den Stuten erregt in die Hüften. Die ließen es sich gefallen, schmiegten sich an ihn und machten den Leithengst eifersüchtig. Der Passgänger kam dabei meistens schlecht weg, denn der Hengst war alt und ein grimmiger Raufbold. Aber lieber sich aufregen und vor dem Hengst die Flucht ergreifen, als die ganze Nacht auf dem Hof stehen und sich nach den Stuten sehnen. Oft konnte er sich lange nicht beruhigen, stampfte und schlug mit den Hufen. Wer weiß, wie viele Wochen diese nächtlichen Ritte noch gedauert hätten, wäre nicht jenes Ereignis eingetreten.

Der Passgänger stand wie gewöhnlich im Hof, sehnte sich nach der Herde, wartete auf den Herrn und begann, vor sich hin zu dösen. Die Zügel waren hoch an einem Dachbalken festgebunden. Er konnte sich nicht hinlegen. Immer wenn ihm der Kopf herabsank, schnitt ihm die Trense in die Lefzen. Trotzdem döste er weiter. Eine drückende Schwüle lag in der Luft, schwarze Wolken bedeckten den Himmel.

Im Halbschlaf hörte Gülsary, wie die Bäume zu rauschen begannen, als wäre jemand heimlich herbeigeflogen und schüttele und rüttele sie. Der Wind fuhr über den Hof, rollte klappernd einen leeren Milcheimer vor sich her und riss die Wäsche von der Leine. Das Hündchen winselte und suchte Unterschlupf. Der Passgänger schnaubte wild, erstarrte und spitzte die Ohren. Er hob den Kopf und blickte angespannt in die brodelnde Finsternis. Aus der Steppe nahte grollend etwas Schreckliches. Blitze durchschnitten die Wolken, Donner grollte, und die Nacht krachte wie berstendes Holz.

Ein starker Regen prasselte nieder. Der Passgänger zerrte am Zügel wie unter Peitschenhieben und wieherte verzweifelt, in Sorge um seine Herde. In ihm erwachte der Instinkt, die Artgenossen vor Gefahr schützen zu müssen. Wie von Sinnen wütete er gegen Zaum und Trense, gegen die geflochtene Rosshaarleine, gegen alles, was ihn hier festhielt. Er warf sich hin und her, wühlte mit den Hufen die Erde auf und wieherte pausenlos, in der Hoffnung, die Herde würde ihm antworten. Aber nur der Sturm pfiff und heulte. Ach, wenn es ihm damals nur gelungen wäre, sich loszureißen!

Der Herr stürzte im weißen Unterhemd aus dem Haus, hinter ihm die Frau, auch sie im weißen Hemd. Im Regen wurden sie mit einem Schlag dunkel. Über ihre nassen Gesichter und angsterfüllten Augen zuckte der blaue Schein eines Blitzes und riss das Haus mit der im Wind schlagenden Tür aus der Finsternis.

»Halt! Halt!«, brüllte Tanabai und versuchte, Gülsary loszubinden, der aber wollte von ihm nichts wissen, er warf sich wie ein reißendes Tier auf seinen Herrn, riss und zerrte an Zügel und Leine. Sich an die Mauer pressend, schlich Tanabai zu ihm heran; mit den Händen den Kopf schützend, sprang er auf ihn zu und hängte sich an den Zaum.

»Bind ihn los, schnell!«, schrie er der Frau zu.

Die hatte die Leine kaum gelöst, da schleppte der sich aufbäumende Passgänger Tanabai schon über den Hof.

»Den Kantschu, rasch!«

Bübüdshan lief nach der Peitsche.

»Halt, halt, ich schlag dich tot!«, brüllte Tanabai und schlug dem Pferd mit dem Kantschu rasend aufs Maul. Er musste in den Sattel, er musste zur Herde.

Wie sah es dort aus?

Wohin hatte der Orkan die Pferde getrieben?

Aber auch der Passgänger musste zur Herde. Gleich, auf der Stelle!

Es regnete in Strömen. Der Donner rollte und erschütterte die sich unter den grellen Blitzen zusammenkauernde Nacht.

»Halt ihn fest!«, befahl Tanabai Bübüdshan, und als sie am Zaum hing, sprang er in den Sattel. Noch saß er nicht, noch krallte er sich an der Mähne fest, da sprengte Gülsary schon vom Hof, rannte die Frau um und schleifte sie durch eine Pfütze.

Er gehorchte nicht dem Zügel, nicht dem Kantschu, nicht der Stimme. Er jagte durch die regengepeitschte Sturmnacht, allein seinem Spürsinn folgend. Er trug seinen machtlosen Herrn durch den aufgewühlten Fluss, durch wirres Gebüsch, über Gräben und durch Hohlwege, er rannte und rannte. Niemals zuvor, auch nicht bei der Alaman-baiga, war Gülsary so getrabt.

Tanabai wusste nicht, wohin ihn der wild gewordene Passgänger trug. Wie mit Flammen peitschte der Regen Gesicht und Körper. Nur ein Gedanke hämmerte in seinem Hirn: Was ist mit der Herde? Wo sind die Pferde? Gott behüte, dass sie in der Niederung zur Bahnlinie gerannt sind. Eine Katastrophe! Hilf mir, Allah, hilf. Helft mir, Arbak, wo seid ihr? Fall nicht, Gülsary, fall nicht! Trag mich in die Steppe zur Herde!

Über der Steppe flammte weißes Wetterleuchten und machte die Nacht zum blendenden Tag, dann war sie wieder in Finsternis gehüllt, der Donner wütete, der Wind peitschte den Regen.

Hell und dunkel, dunkel und hell.

Der Passgänger bäumte sich, riss das Maul auf und wieherte. Er rief, er suchte, er wartete auf Antwort. Wo seid ihr? Meldet euch! Donnernd antwortete der Himmel, und wieder traben, wieder suchen, immer dem Sturm entgegen.

Hell und dunkel, dunkel und hell.

Der Sturm legte sich erst gegen Morgen. Langsam verzogen sich die Wolken, nur der Donner grollte noch im Osten. Die gequälte Erde dampfte.

Pferdehirten suchten die Gegend nach versprengten Pferden ab.

Tanabais Frau suchte ihren Mann. Sie wartete auf ihn. In der Nacht war sie mit den Nachbarn ausgeritten, um ihm zu helfen. Die Herde fanden sie und hielten sie in der Senke fest. Aber Tanabai war nicht da. Man dachte, er habe sich verirrt. Aber sie wusste, dass er sich nicht verirrt hatte. Als der Nachbarsbursche freudig ausrief: »Da ist er, Dshaidar-apa, da kommt er!«, und ihm entgegenritt, rührte sich Dshaidar nicht von der Stelle. Schweigend beobachtete sie vom Pferd, wie ihr buhlerischer Mann zurückkehrte.

Schweigend und finster ritt Tanabai im nassen Unterhemd, ohne Mütze, auf dem eingefallenen Passgänger. Gülsary lahmte auf der rechten Hinterhand.

»Und wir suchen Sie!«, verkündete ihm der herbeigeeilte Bursche freudig. »Dshaidar-apa hat sich schon geängstigt.«

»Ich habe mich verirrt«, brummte Tanabai.

Beide schwiegen. Aber als der Bursche sich entfernte, um die Herde aus der Senke zu treiben, sagte die Frau leise: »Du hast nicht mal Zeit gehabt, dich anzuziehen. Ein Glück, dass du noch Hose und Stiefel anhast. Schämst du dich nicht? Du bist doch nicht mehr der Jüngste. Deine Kinder sind bald erwachsen!«

Tanabai schwieg. Was hätte er sagen sollen?

Der Bursche trieb inzwischen die Herde zusammen. Pferde und Fohlen waren vollzählig.

»Wir reiten nach Hause, Altyk«, rief Dshaidar dem Burschen zu. »Wir haben heute alle genug zu tun. Der Wind hat die Jurten durcheinandergeworfen. Wir müssen sie zusammensuchen, komm!«

Zu Tanabai sagte sie halblaut: »Du bleibst hier. Ich bringe dir was zu essen und anzuziehen. So kannst du nicht vor die Leute treten!«

»Ich werde nach unten kommen«, sagte Tanabai.

Sie ritten davon. Tanabai trieb die Herde auf die Weide. Er trieb lange. Die Sonne schien, und es wurde warm. Die Steppe dampfte und erholte sich. Es roch nach Regen und jungem Gras.

Die Herde trottete grasend über die Bodenwellen und erreichte eine Anhöhe. Hier schien sich eine andere Welt vor Tanabai zu eröffnen. Der Horizont war weit und mit weißen Wolken überzogen. Der Himmel war groß, hoch und rein. Fern in der Steppe rauchte ein Zug.

Tanabai stieg vom Pferd und ging durchs Gras. Eine Lerche flatterte empor und sang. Tanabai ging weiter, den Kopf gesenkt, und plötzlich warf er sich hin.

Noch nie hatte Gülsary den Herrn so gesehen: das Gesicht der Erde zugewandt und die Schultern vor Schluchzen bebend. Er weinte vor Scham und Schmerz, er wusste, dass er das Glück verloren hatte, das sich ihm zum letzten Mal im Leben hingegeben hatte.

Und die Lerche sang noch immer.

Am nächsten Tag zogen die Herden in die Berge, und sie würden erst im zeitigen Frühjahr wieder herunterkommen.

Der Auftrieb erfolgte längs des Flusses, am Ail vorbei. Schafe, Rinder und Pferde zogen aufwärts. Kamele und Pferde schleppten Lasten, Frauen und Kinder ritten mit. Zottige Hunde begleiteten die Karawane. Vielstimmiger Lärm lag in der Luft: Blöken, Brüllen, Wiehern.

Tanabai trieb seine Herde über die große Wiese, dann durch die Vorberge, wo vor Kurzem die Menge zum Fest versammelt gewesen war, und er bemühte sich, nicht zum Ail hinüberzusehen. Als Gülsary plötzlich den Weg zum Hof am Dorfrand einschlagen wollte, bekam er die Peitsche.

Sie ritten nie mehr zu jener Frau mit den wunderbaren Händen, geschmeidig und feinfühlig, wie die Lippen der kleinen braunen Stute mit der Blesse.

Die Herde zog gleichmäßig weiter.

Gülsary wünschte, sein Herr möge singen. Aber er sang nicht.

Der Ail blieb zurück. Leb wohl, Ail! Dort vorn lagen die Berge. Leb wohl, Steppe, bis zum nächsten Frühling. Dort vorn lagen die Berge.

Der Kamelhengst Karanar

Karanar, Schwarzes Kamel, wurde er nicht von ungefähr genannt. Schwarz der struppige Kopf mit der bis zum Widerrist reichenden gewaltigen Mähne, der Hals unten voller schwarzer Zotteln, Hauptzierde des männlichen Tieres, die dicht und wild bis zu den Knien hinabhingen, dazu ein Paar praller Höcker, die wie schwarze Türme auf dem Rücken ragten. Und als Krönung des Ganzen die schwarze Quaste des Stummelschwanzes. Alles andere aber – der Hals oben, Brust, Seiten, Beine, Bauch – war hell, hellbraun. Gestalt und Farbe prägten Karanars Schönheit und Ruhm. Zudem stand er in jener Zeit auf dem Gipfel seiner Hengstkraft – in seinem dritten Jahrzehnt.

Kamele leben lange. Deshalb wohl bringen sie erst im fünften Lebensjahr Junge zur Welt und danach auch nur alle zwei Jahre – die Leibesfrucht aber tragen sie länger als alle anderen Tiere: zwölf Monate. Ein Kameljunges muss die ersten anderthalb Jahre gehegt und gepflegt, muss vor Erkältung, vor dem Steppenwind geschützt werden, später wächst es zusehends, und dann schadet ihm nichts mehr – weder Kälte noch Hitze oder Wassermangel.

Edige kannte sich hierin aus, er hielt Schneesturm-Karanar stets gut in Schuss. Kasangap hatte ihm einst Karanar als noch nicht abgesetztes kleines Kameljunges geschenkt, flaumig wie ein Entenküken – das war in jenen Jahren gewesen, da Edige, aus dem Krieg heimgekehrt, hierhergezogen war, in die Ausweichstelle Schneesturm-Boranly. Edige selbst war damals noch jung gewesen – kaum vorstellbar! Und nun, da das Begräbnis seines Freundes Kasangap bevorsteht und Edige den auf der Erde liegenden Karanar sattelt, ihn bald mit erhobener Stimme, bald mit erhobener Faust bändigt, sooft jener die Zähne fletscht, wie ein Löwe brüllt und den zottigen schwarzen Kopf auf dem langen Hals dreht, erinnert er sich, was in jenen Jahren geschehen und wie alles gewesen ist.

Als die Zeit gekommen war, da man irgendetwas mit Karanar unternehmen musste, ihn kastrieren lassen oder ihm Fesseln anlegen, denn er begann, schrecklich zu toben, und ließ keinen Menschen mehr an sich heran, lief mitunter weg und blieb tagelang verschwunden, da erklärte Kasangap dem Rat suchenden Edige unumwunden: »Das ist deine Angelegenheit. Willst du ein ruhiges Leben, so fessele ihn. Lechzt du nach Ruhm, so rühr ihn nicht an. Aber in diesem Fall übernimm die volle Verantwortung, wenn was geschieht. Besitzt du genug Kraft und Geduld, so harre aus – hat er sich erst etwa drei Jahre ausgetobt, dann läuft er dir nach.«

Edige rührte Schneesturm-Karanar nicht an. Ließ ihn Hengst bleiben. Doch es gab Augenblicke, da vergoss er blutige Tränen. Das war schon so, als Karanar den alten Leithengst in der Boranlyer Herde fast zu Tode getrampelt und gebissen hatte. Das Tier gehörte von alters her Kasangap. Der kam finster von der Weide zurück: »Wie kannst du so was zulassen? Sie sind Viecher, doch wir beide sind Menschen! Dein Karanar mordet! Und du lässt ihn seelenruhig in die Steppe!«

»Ich hab ihn nicht gelassen, Kasangap. Er ist von allein losgelaufen. Wie soll ich ihn denn halten? In Ketten? Er reißt sich ja auch von der Kette los. Du weißt selber, nicht ohne Grund heißt es von jeher: Küsch atasyn tanymajdy, Kraft respektiert keinen Vater. Seine Zeit ist gekommen.«

»Du freust dich noch. Aber wart ab. Du schonst ihn, willst ihm nicht die Nüstern durchbohren, willst ihm keinen Schisch, keinen Pflock, durchstecken, aber du wirst es noch bedauern, wenn du ihm erst hinterherjagen musst. So ein Hengst hat an einer Herde nicht genug. Der beginnt noch einen Feldzug durch die ganze Sary-Ösek. Dann gibt es für ihn kein Halten. Du wirst an meine Worte zurückdenken.«

Und so kam es auch. Jedes Mal beim Einsetzen der Winterfröste begann das Martyrium, begann die Suche nach dem in der Brunst tobenden, rasenden Karanar.

In ebenjenem Winter geriet Schneesturm-Karanar erneut in Raserei, erneut entflammte und rebellierte seine Hengsteskraft; und schon vermochte nichts und niemand seinen Freiheitsdrang zu zügeln. Jetzt blieb sogar seinem Herrn nichts anderes übrig, als zurückzustecken, nicht unnütz dagegen aufzubegehren. Und als Edige im Morgengrauen halb verschlafen vernahm, wie Schneesturm-Karanar auf der Koppel trompetete, wie er herumtrampelte und krachend gegen die Umzäunung hinterm Haus anrannte, wurde ihm klar, welches Unheil ihn wieder einmal heimsuchte. Schnell zog er sich an, trat im Dunkeln hinaus, lief zur Koppel und schrie sich die Seele aus dem Leib, während die strenge Frostluft ihm die Kehle wund kratzte: »He, was ist mit dir? Spielst wohl schon wieder Weltuntergang? Hats dich wieder gepackt? Willst du wieder mein Blut trinken? Altes Vieh, verdammtes! Ruhe jetzt! Halts Maul, sag ich! Fängst ja in diesem Jahr mächtig zeitig an! Lass dich nicht auslachen! Warum nur ist Gott auf die Wahnsinnsidee verfallen, euch Kamelbrut so einzurichten, dass euch jährlich einmal packt, was ihr tagtäglich tun könntet ohne viel Geschrei und Gewese? Wen kümmerte das dann? Aber nein, es geht zu wie beim Weltuntergang!«

All das sagte Edige mehr der Form halber, damit es nicht gar zu ärgerlich war, denn er verstand sehr wohl – hier war er machtlos. Ihm blieb doch nichts anderes übrig, als die Koppel zu öffnen. Noch ehe er das schwere, mannshohe Zauntor aus langen Stangen, das mit einer festen Kette gesichert war, ganz beiseitegeschoben hatte, stürzte Karanar auch schon davon, hätte er ihn fast umgeworfen, während er mit wütendem Gebrüll und Geschrei in die Steppe rannte, weit ausgreifend mit den dünnen Beinen und die straffen schwarzen Höcker schüttelnd. Im Nu war er verschwunden, hinter ihm wirbelte eine Schneewolke.

Edige hatte Frühschicht. Daher musste er Karanars Aufbegehren hinnehmen. Hätte er geahnt, womit all das enden würde, dann hätte er ihn auf gar keinen Fall freigelassen, und wenn der Hengst geplatzt wäre in der Koppel. Aber wer außer ihm wäre zu Hause mit dem toll gewordenen Karanar fertiggeworden? Mochte er nur weglaufen, möglichst weit weg. Edige hoffte, das Kamel würde in der Freiheit Dampf ablassen, sein heißes Blut abkühlen, sich etwas beruhigen …

Doch zur Mittagszeit erschien Kasangap und sagte zu ihm, mitfühlend lächelnd: »O weh, Bai, um dich stehts schlecht. Ich komme gerade von der Weide. Dein Karanar ist, scheints, zu einem großen Eroberungsfeldzug aufgebrochen. Die hiesigen Stuten reichen ihm nicht mehr. Irgendwas hat das Vieh gewittert. Ich bin losgeritten, um nachzuschauen, wie es bei uns steht. Kaum bin ich aus der großen Schlucht raus, da seh ich doch wen durch die Steppe anrennen, dass die Erde nur so dröhnt – Karanar. Die Augen quellen ihm hervor, er brüllt aus Leibeskräften, Speichel trieft ihm vom Maul. Und er rast auf mich zu wie eine Lokomotive. Hinter ihm fegt ein ganzer Schneesturm. Ich dachte schon, er trampelt mich nieder. Er stürmte an mir vorbei, als sähe er nicht, dass vor ihm ein Mensch steht. Immer in Richtung Malakumdytschap. Dort unterm Steilhang weiden Herden, die größer sind als unsere. Hier bei uns ist es jetzt für ihn uninteressant. Er braucht Spielraum. Das Vieh strotzt ja vor Kraft.«

Edige war aufrichtig beunruhigt. Er stellte sich vor, was für Scherereien auf ihn zukamen, wie viele Unannehmlichkeiten. »Ist ja gut, beruhige dich. Dort finden sich schon gute Hengste, die liefern ihm einen Kampf, und er kehrt zu den Seinen zurück wie ein geprügelter Hund, er wird schon nicht verschwinden«, beschwichtigte ihn Kasangap.

Am nächsten Tag bereits kamen, Frontberichten gleich, die ersten Nachrichten von den Kampfhandlungen Schneesturm-Karanars. Kaum hielt ein Zug in Schneesturm-Boranly, da erzählten der Lokführer, der Heizer oder der Zugbegleiter um die Wette, was für Exzesse Karanar in den Kamelherden der Bahnstationen und Ausweichstellen anrichtete. Sie berichteten, dass Karanar in der Ausweichstelle Malakumdytschap zwei Kamelhengste halb tot geschlagen und vier Stuten vor sich her in die Steppe getrieben habe, deren Herren es nur mit Mühe und Not gelungen sei, sie Karanar wieder abzujagen. Die Leute hätten mit Gewehren in die Luft geschossen. An einem anderen Ort habe Karanar einen Reiter von seiner Kamelstute gejagt. Der Besitzer, dieser Einfaltspinsel, habe gut zwei Stunden gewartet, dachte er doch, der Hengst würde, nachdem er sich vergnügt hatte, seine Kamelstute in Frieden ziehen lassen – die habe übrigens gar keine Anstalten gemacht, den Frechling loszuwerden. Doch als sich der Mann seiner Kamelstute näherte, um auf ihr nach Hause zu reiten, habe Karanar sich auf ihn gestürzt wie ein Berserker, habe ihn gejagt und hätte ihn zertrampelt, wenn der nicht im letzten Moment in eine tiefe Bodenrinne gesprungen wäre und sich dort versteckt hätte wie eine Maus, nicht tot und nicht lebendig. Wieder zu sich gekommen, sei er eine Schlucht entlanggeschlichen, möglichst weit weg von dem Ort seiner Begegnung mit Karanar, und sei schließlich nach Hause gerannt – heilfroh, dass er mit dem Leben davongekommen war.

Die alarmierendste Kunde aber kam in schriftlicher Form – von der Ausweichstelle Ak-Moinak. Bis dahin also war der Satan gerast – bis nach Ak-Moinak, noch hinter Kumbel! Von dort schickte ein gewisser Kospan seine Botschaft, und in diesem bemerkenswerten Dokument hieß es:

Salem, verehrter Edige-agha!

Zwar bist du ein bekannter Mann in der Sary-Ösek, doch du bekommst unangenehme Dinge zu hören. Ich dachte, mit dir wäre mehr los. Warum hast du nur deinen Karanar über die Stränge schlagen lassen? Von dir hätten wir das nicht erwartet. Alle hat er hier in Schrecken versetzt. Hat unsere Hengste schlimm zugerichtet, ihnen die drei besten Stuten ausgespannt, obendrein ist er nicht allein hier angekommen, sondern hat eine gesattelte Kamelstute hergetrieben, offensichtlich hat er unterwegs ihren Herrn verjagt – woher käme sonst der Sattel? Ja also, er hat die drei Stuten geraubt, sie in die Steppe getrieben und lässt nun keinen mehr in die Nähe – weder Mensch noch Vieh. Das geht doch nicht! Ein junger Hengst von uns ist schon draufgegangen. Karanar hat ihm die Rippen gebrochen. Ich wollte Karanar mit Schüssen in die Luft erschrecken und ihm die Stuten abnehmen. Alles vergebens! Der hat vor nichts Angst. Der ist drauf aus, jeden Beliebigen bei lebendigem Leib zu zerfleischen! Nur damit man ihn nicht stört bei seinem Geschäft. Er frisst nicht, trinkt nicht, bespringt nur diese Stuten der Reihe nach, dass die Erde bebt. Speiübel wird einem, wenn man sieht, wie viehisch er das macht. Und dabei brüllt er, dass es durch die ganze Steppe schallt, als nahe der Weltuntergang. Nicht zum Anhören ist das! Und mir scheint, er könnte sich hundert Jahre damit befassen, ohne Atempause. So ein Untier habe ich mein Lebtag noch nicht gesehen. In unserer Siedlung sind alle aufgeschreckt. Die Frauen und Kinder haben Angst, sich weit von den Häusern zu entfernen. Daher verlange ich, dass du unverzüglich kommst und deinen Karanar holst. Ich setze dir eine Frist. Wenn du übermorgen nicht erscheinst und uns von diesem Teufelsvieh befreist, dann nimms mir nicht übel, teurer Agha. Ich habe ein großkalibriges Gewehr, mit dem man einen Bären zur Strecke bringen kann. Dann schieß ich ihn unter Zeugen in den verhassten Schädel, und der Spuk ist vorbei. Die Haut aber schicke ich dir mit einem Güterzug. Wenns auch Schneesturm-Karanar ist. Ich stehe zu meinem Wort. Komm, ehe es zu spät ist.

Dein Ak-Moinaker Ini Kospan

Am Morgen brach Edige auf. Ükübala hatte ihm Wegzehrung bereitet. Er hatte sich warm und wetterfest angezogen. Über Wattehosen und Wattejacke den Schafpelz, die Füße steckten in Filzstiefeln, auf dem Kopf trug er eine Fuchspelzmütze mit Ohrenklappen und Nackenschutz – weder von den Seiten noch von hinten ließ sie Wind durch, Kopf und Hals waren pelzumhüllt –, und an den Händen hatte er warme Schafpelzfäustlinge. Als er die Kamelstute sattelte, auf der er nach Ak-Moinak reiten wollte, kamen Abutalips Jungen angelaufen. Daul brachte ihm einen handgestrickten Wollschal. »Onkel Edige, die Mama hat gesagt, du sollst dir den Nacken nicht erkälten«, rief er.

»Den Nacken? Sag lieber: den Hals.« Froh bewegt drückte Edige die Kinder an sich, küsste sie, und vor Rührung fehlten ihm die Worte. Insgeheim jubelte er wie ein kleines Kind – es war Saripas erstes Zeichen von Aufmerksamkeit. »Bestellt der Mama«, sagte er den Kindern beim Aufbruch, »ich bin bald wieder zurück, so Gott will, schon morgen. Ich bleibe da keine Minute länger als nötig. Dann trinken wir alle zusammen Tee.«

Auf schnellstem Weg wollte Schneesturm-Edige das unglückselige Ak-Moinak erreichen und zurückkehren, um Saripa wiederzusehen, ihr in die Augen zu blicken und sich zu vergewissern, dass er keine zufällige Anspielung war, dieser Schal, den er sorgsam zusammenlegte und in die Innentasche seiner Jacke steckte. Als er losgeritten war und sich schon ein tüchtiges Stück von zu Hause entfernt hatte, wäre er am liebsten umgekehrt – den übergeschnappten Karanar sollte der Teufel holen, mochte dieser Kospan ihn doch erschießen, wenns ihm Spaß machte, und ihm die Haut zuschicken, wie lange konnte er sich denn noch mit dem ungebärdigen Kamel abplagen, mochte das Schicksal es strafen. Jawohl! Ihm geschähe ganz recht! Solche hitzigen Wutausbrüche hatte Edige. Dann aber schämte er sich. Er begriff, dass er als der letzte Schwachkopf dastehen würde, mit Schande bedeckt in den Augen der Menschen, vor allem in den Augen von Ükübala, ja sogar von Saripa. Und seine Wut kühlte ab. Er überzeugte sich, dass es nur ein Mittel gab, seine Sehnsucht zu stillen – möglichst schnell nach Ak-Moinak zu gelangen und möglichst schnell wieder zurückzukommen.

Also trieb er sein Reittier an. Ein gleichmäßiger, rauer Wind blies. Ediges Gesicht überzog sich mit Raureif, vor allem aber der Fuchspelz der Mütze zeigte ein flaumiges Weiß. Ebenso wurde der Atem der braunen Kamelstute zu weißem Reif, der sie wie eine Schleppe vom Hals bis zum Widerrist überzog. Der Winter gewann offensichtlich an Kraft. Die Fernen hüllten sich in Nebel. In der Nähe schien kein Nebel zu liegen, sah man aber genauer hin, dann hielt sich am Rande der Sichtweite ein Dunstschleier. Und dieser Dunstschleier bewegte sich den ganzen Ritt über scheinbar vor ihm her. Mit jedem Schritt, den sich ihm der Reiter näherte, wich er einen Schritt zurück. Menschenleer und rau war es in der winterlichen Steppe, die erstarrt dalag in winddurchtostem Weiß.

Die junge, aber flinkfüßige Kamelstute lief unterm Sattel nicht schlecht, setzte munter ihre Spur in die unberührte Schneedecke. Doch für Edige war es nicht das richtige Reiten, nicht die richtige Geschwindigkeit. Auf Karanar wäre er ganz anders vorwärtsgekommen! Sein Weg war weit, und die ganze Zeit über ritt er allein. In Sehnsucht verzehrt hätte sich Edige, wäre nicht der Schal gewesen, das Geschenk von

Saripa. Immerfort freute er sich über diesen im Grunde unwesentlichen Gegenstand. Wie alt er auch war – nie hätte er gedacht, dass eine solche Kleinigkeit einem derart das Herz wärmen kann, stammt sie nur von der geliebten Frau. Er steckte die Hand unter die Jacke, streichelte den Schal und lächelte selig. Dann aber wurde er nachdenklich. Wie sollte er sich verhalten, wie weiterleben? Warum war ihm ein solches Leben zuteilgeworden? Weshalb hatte es ihn hierherverschlagen, in die Sary-Ösek? Weshalb musste in Schneesturm-Boranly diese unglückselige Familie auftauchen, vom Schicksal getrieben? Wäre all das nicht gewesen, dann hätte er keine Qualen gekannt, hätte ruhig und bequem gelebt. Aber nein, sein Herz ist unzurechnungsfähig, verlangt Unmögliches. Und zu alldem der in Raserei geratene Karanar, auch eine Last, auch eine Strafe Gottes. Er hat kein Glück. Nein, im Ernst, er hat kein Glück im Leben.

Als Edige Ak-Moinak erreichte, fragte er einen Knirps am Straßenrand, wo denn Kospan sei. Der Junge sagte, Kospan sei bei seiner Arbeit als Fahrdienstleiter. Also ritt Edige zum Dienstposten und wollte schon absitzen, als auf der Vortreppe ein flinker, schlau schmunzelnder Mann mittlerer Größe auftauchte, dessen Halbpelz aussah wie von zweiter Hand gekauft, in geflickten Filzstiefeln, die Pelzmütze schief auf dem Ohr. »Aaah, Edige-agha! Unser teurer Boranly-agha!« Er hatte Edige sofort erkannt und sprang die Treppe herunter. »Er ist also eingetroffen, und wir warten und warten. Denken und rätseln, ob er wohl kommt oder nicht!«

»Untersteh dich, nicht zu kommen, wenn man dir so einen Drohbrief schickt!« Edige lächelte spöttisch.

»Was sollten wir denn tun? Der Brief ist halb so schlimm,

Edige-agha. Ein Brief – das ist Papier. Hier aber sind Dinge im Gange, dass du uns deinen Karanar umgehend vom Hals schaffen musst, wir leben ja wie in einer Blockade. Die Steppe ist uns richtig versperrt. Kaum entdeckt er einen von fern, kommt er angerannt wie toll – dann sieh zu, dass er dich nicht verstümmelt! So ein Scheusal! Muss ja schrecklich sein, so einen Atan zu besitzen!« Er verstummte, betrachtete Edige und fügte hinzu: »Ich überleg mir nur – wie willst du mit ihm fertigwerden, etwa mit bloßen Händen?«

»Warum mit bloßen Händen? Hier ist meine Waffe.« Edige zog eine aufgewickelte Knute aus der Satteltasche.

»Mit dieser Peitsche?«

»Soll ich etwa eine Kanone gegen das Kamel auffahren?«

»Wir trauen uns hier nicht mal mit Gewehren ran. Ich weiß nicht, vielleicht erkennt er dich als Herrn an, dann … Aber wahrscheinlich ist das nicht, seine Augen sind ganz verschleiert.«

»Wir werden ja sehn«, entgegnete Edige. »Warum Zeit verlieren? Du bist doch bestimmt Kospan. Wenn ja, dann führ mich hin, zeig mir, wo er ist, alles Weitere überlass nur mir.«

»Es ist aber ziemlich weit«, sagte Kospan, sah sich um und warf dann einen Blick auf seine Uhr. »Weißt du, was, Edige-agha, es ist schon spät. Ehe wir dorthin kommen, ist es dunkel. Was willst du machen in der Nacht? Nein, so geht das nicht. Leute wie dich bekommt man nicht oft zu Gast. Kehr bei uns ein. Und morgen früh mach, was du für richtig hältst.«

Eine solche Wendung hatte Edige nicht erwartet. Er hatte beabsichtigt, falls es ihm gelänge, Karanar einzufangen, noch in derselben Nacht Kumbel zu erreichen, dort neben dem Bahnhofsgebäude bei Bekannten zu übernachten und im Morgengrauen nach Hause zu reiten.

Als Kospan sah, dass Edige losreiten wollte, protestierte er entschieden: »Nein, Edige-agha, so geht das nicht. Den Brief musst du mir verzeihen. Wir konnten nicht anders. Es war ja kein Leben mehr. Aber so lass ich dich nicht ziehen. Wenn dir, Gott verhüts, nachts in der menschenleeren Wintersteppe irgendwas zustößt, möchte ich nicht als schwarzes Schaf dastehen in der ganzen Sary-Ösek. Bleib hier, morgen früh aber halt es, wie du willst. Das dort ist mein Häuschen, am Rand der Siedlung. Ich habe noch anderthalb Stunden Dienst. Fühl dich wie zu Hause. Machs dir bequem. Das Kamel stell in die Koppel. Futter findet sich. Wasser haben wir eigenes, mehr als genug.«

Es wurde schnell dunkel an diesem Wintertag. Kospan und seine Familie erwiesen sich als prächtige Menschen. Die alte Mutter, die Frau, der etwa fünfjährige Junge (das ältere Mädchen besuchte in Kumbel das Internat) und Kospan selbst bemühten sich auf jegliche Weise um das Wohl ihres Gastes. Das Haus hatten sie warm geheizt, es war richtig anheimelnd. In der Küche kochte Fleisch vom Winterschlachten. Einstweilen trank man Tee. Die alte Mutter füllte Schneesturm-Edige eigenhändig die Trinkschalen, fragte ihn nach seiner Familie, den Kindern, dem Leben und Treiben, nach dem Wetter, nach seiner Herkunft und erzählte selbst, wann und wie es sie in die Ausweichstelle Ak-Moinak verschlagen hatte. Edige ging gern auf ihre Unterhaltung ein, er lobte auch das gelbe Butterschmalz, über das er die heißen Fladenstücke strich, ehe er sie in den Mund schob. Kuhbutter war in der Steppe eine Seltenheit. Schaf-, Ziegen-, Kamelbutter sind auch nicht zu verachten, aber Kuhbutter schmeckt noch besser. Sie erhielten diese Butter von Verwandten aus dem Ural. Edige, der sich die Fladen mit Butter schmecken ließ, versicherte, er spüre sogar den Duft der Wiesenkräuter, und damit gewann er vollends das Herz der alten Frau, die nun von ihrer Heimat zu erzählen begann, vom Land am Jaik, von den Gräsern dort, den Wäldern und Flüssen.

Wie in Schneesturm-Boranly ratterten auch hier Züge vorüber, klirrten die Scheiben, pfiff der Wind in den Fensterflügeln. Und unweit von jenem Ort, wo er jetzt zu Gast weilt und der Dombra lauscht, wacht in der stockfinsteren und wilden Steppe, inmitten von Schnee und Wind, der blindwütige Karanar. Ihm ist nicht nach Schlaf, er sehnt sich nicht nach Ruhe. So will es die Natur. Das ganze Jahr über sammelt er Kraft, Tag um Tag weidet er und wiederkäut seine Nahrung, ununterbrochen zermalmt er mit seinen mächtigen Kiefern das Futter, und entsprechend ist sein Magen beschaffen: Zuerst sammelt er derbe Nahrung, dann aber befördert er sie vorverdaut ins Maul zurück zum weiteren Zerkleinern – damit beschäftigt sich das Kamel zu jeder Zeit, es kaut beim Gehen wieder und sogar im Schlaf, und all das nur, um Kraft in den Höckern zu sammeln, und je mächtiger, je runder und fester die Höcker sind, je stärker in ihnen die Fettschicht, desto mächtiger ist der Hengst bei seiner winterlichen Jagd auf die Stuten. Dann tobt er, berauscht von unzähmbarer Kraft, dann ist er Zar und Herrscher, dann kennt er keine Müdigkeit und keine Furcht, dann existiert für ihn nichts auf Erden, nicht Trinken noch Essen – nichts als seine große und unzähmbare Leidenschaft. Schließlich hat er dafür das ganze Jahr gelebt und Kraft gesammelt. Und während zu dieser

Stunde Schneesturm-Edige im Warmen saß, am gedeckten Tisch, wütete und raste irgendwo in der Umgebung, mitten in sturmdurchtoster Nacht, inmitten mondbeschienener Schneefelder, Schneesturm-Karanar, dem Ruf seines Blutes getreu, verteidigte er eifersüchtig die geliebte Stute gegen alles Fremde, ließ kein Raubtier an sie heran, nicht mal einen Vogel, brüllte gellend und schüttelte furchterregend die schwarzen Zotteln des Barts.

An dem neuen Ort fand Edige nicht sofort Schlaf. Er lag neben dem Fenster und lauschte, wie der Wind raschelte und vor sich hin pfiff, wie die Züge vorbeifuhren. Er wartete auf das Morgengrauen, wollte den toll gewordenen Karanar bändigen und recht früh aufbrechen, um möglichst schnell wieder in Schneesturm-Boranly zu sein, wo ihn die Kinder zweier Häuser erwarteten, denn er liebte sie alle gleichermaßen und lebte auf Erden, damit sie es gut hätten. Er überlegte, wie er Karanar zähmen könne. Vielleicht musste er ihn anketten und den ganzen Winter in der Koppel halten, dass er nicht seinen verwegenen Kopf einbüßte? Wenn nicht Kospan, dann würde ein anderer ihn erschießen, da half nichts. Edige seufzte schwer, wälzte sich auf seiner Lagerstatt – traurig war ihm zumute angesichts der ihn bedrängenden inneren Ungewissheit und Unentschlossenheit. Wie sollte er all dem entrinnen, wie sich verhalten? Was Saripa sagen und was Ükübala antworten?

In dieser Nacht wütete in der Steppe ein eisiger, böiger Wind. Es wurde kälter. Die Herde der vier Kamelstuten, die Karanar sich erkoren hatte und behütete, stand an einem windstillen Fleck, in einem flachen Talkessel unter einer niedrigen Bergkuppe. Von der Windseite heranfegendem Schnee ausgesetzt, hatten sie sich zusammengedrängt und wärmten sich, indem sie einander die Köpfe auf die Hälse legten, doch ihr ungestümer, zottiger Gebieter Karanar gab ihnen keine Ruhe. Ständig rannte er hin und her, umkreiste sie, brüllte bösartig, eifersüchtig auf wer weiß wen oder was – vielleicht sogar auf den Mond, der durch Nebelschwaden schimmerte.

Karanar fand keinen Frieden. Unentwegt trampelte er über die dunstige Schneekruste, ein zweihöckriges schwarzes Scheusal mit langem Hals und röhrendem Zottelkopf. Welche Kraft steckte in ihm! Auch jetzt wäre er nicht abgeneigt gewesen gegen Liebesmüh, bedrängte bald das eine Weibchen, bald das andere, biss sie kräftig in die Fußknöchel und in die Schenkel, versuchte sie voneinander zu trennen, aber da tat er des Guten zu viel, den Kamelstuten hatte der Tag gereicht, da waren sie willig seinen Gelüsten nachgekommen, nachts wollten sie ihre Ruhe. Daher brüllten sie abweisend, wehrten sich gegen seine unangebrachten Annäherungsversuche und dachten gar nicht daran, sich zu fügen. Nachts wollten sie ihre Ruhe.

Erst gegen Morgen besänftigte sich Schneesturm-Karanar ein wenig, wurde stiller. Er stand bei den Stuten, schrie hin und wieder auf, wie aus einem Traum hochschreckend, und blickte wild um sich. Da legten sich alle vier Kamelstuten in den Schnee, eine neben die andere, streckten die Hälse aus, ließen die Köpfe sinken und fielen in leichten Schlaf. Sie träumten von kleinen Kamelkindern, von einst geborenen und von solchen, die sie erst auf die Welt bringen würden, von dem schwarzen Atan, der Gott weiß woher angelaufen gekommen war und sie anderen Atanen im Kampf entrissen hatte. Sie träumten vom Sommer, von duftendem Wermut, von der sanften Berührung ihres Euters durch die

Jungen, und ihre Euter schmerzten leicht, sie spürten ein leises Ziehen in unbestimmter Tiefe – spürten die künftige Milch. Schneesturm-Karanar aber stand noch immer auf Wacht, und der Wind pfiff in seinen Zotteln.

Und es schwamm die Erde auf ihren Bahnen, umspült von Höhenwinden. Sie schwamm um die Sonne, und als sie, um sich selbst rotierend, sich endlich so weit gedreht hatte, dass über der Steppe der Tag anbrach, erblickte Schneesturm-Karanar plötzlich ganz in der Nähe zwei Menschen auf Kamelstuten. Es waren Edige und Kospan. Kospan trug ein Gewehr.

Da schoss Wut hoch in Schneesturm-Karanar, er begann zu zittern, zu brüllen, vor Zorn zu kochen – wie konnten Menschen es wagen, sein Revier zu betreten, wie konnten sie sich seiner Herde nähern, welches Recht hatten sie, seine Brunst zu stören? Er brüllte gellend, immer wilder, warf den Kopf hoch auf dem langen Hals, knirschte mit den Zähnen, riss den schrecklichen, hauerbewehrten Rachen auf wie ein Drachen. Dampf wogte in dieser Kälte wie Qualm aus seinem heißen Maul und gefror sogleich als weißer Reifüberzug auf seinen schwarzen Zotteln. Vor Erregung begann er zu harnen, spreizte die Beine und ließ den Strahl gegen den Wind, dass die Luft sofort scharf nach zerstäubtem Urin zu riechen begann und eisige Tropfen Edige ins Gesicht schlugen.

Edige sprang zu Boden, warf den Pelz auf den Schnee, und leicht bekleidet – nur in Wattejacke und Wattehosen –, wickelte er die Peitschenschnur vom Knutenstiel in seiner Hand.

»Sieh dich vor, Edige, wenn nötig, leg ich ihn um«, sagte Kospan und richtete das Gewehr auf Karanar.

»Nein, auf keinen Fall. Mach dir um mich nur keine Sorgen. Ich bin der Herr, ich trage die Verantwortung. Halte es für dich bereit. Wenn er dich anfällt – dann ists was anderes.«

»Gut«, sagte Kospan. Er blieb auf dem Kamel sitzen. Edige aber ging, laut und scharf mit der Peitsche knallend, seinem Karanar entgegen. Als der Hengst ihn näher kommen sah, gebärdete er sich noch rasender und trabte Edige entgegen, schreiend und Speichel versprühend. Inzwischen hatten sich die Stuten von ihrem Lager erhoben und liefen auch unruhig herum.

Mit der Peitsche knallend, mit der er gewöhnlich das Kamelgespann antrieb, das auf den Verwehungen die Schneeschleppe zog, ging Edige durch den Schnee, rief Karanar schon von Weitem laut an und hoffte, der Hengst würde seine Stimme erkennen.

»He, he, Karanar! Lass die Dummheiten! Mach keinen Unsinn, sag ich dir! Ich bins! Bist du etwa blind? Ich bins, ich!«

Doch Karanar reagierte nicht auf seine Stimme, und Edige erschrak, als er das schwarze Ungetüm mit wutentbranntem Blick unter den Zotteln und mit zitternden Höckern auf sich zurennen sah. Da drückte er sich die Pelzmütze tiefer ins Gesicht und holte mit der Peitsche aus. Die Peitschenschnur war lang, sieben Meter wohl, und aus schwerem, geteertem Leder geflochten. Der Hengst brüllte, bedrängte Edige, suchte ihn mit den Zähnen zu packen oder niederzuwerfen und zu zertrampeln, doch Edige ließ ihn nicht heran, peitschte aus Leibeskräften, wich aus, zog sich zurück, ging wieder vor und schrie, er solle zur Vernunft kommen und ihn erkennen. So kämpften sie, ein jeder, wie er es verstand, und jeder hatte auf seine Weise recht. Edige war erschüttert von Karanars unbändigem, unzurechnungsfähigem Glücksanspruch, und er begriff, dass er ihm sein Glück raubte, doch es gab keinen anderen Ausweg. Auf eins nur war Edige bedacht: Karanar auf keinen Fall ein Auge auszuschlagen, alles andere würde schon wieder gut. Ediges Hartnäckigkeit brach schließlich den Willen des Tiers. Peitschenschwingend, schreiend ging Edige dicht an das Kamel heran, sprang zu, packte es an der Oberlippe – fast hätte er die Lippe abgerissen, so kräftig klammerte er sich daran fest –, und im selben Augenblick schaffte er es, ihm die eigens vorbereitete Schlinge ums Maul zu schnüren. Karanar heulte auf, ein Stöhnen brach aus ihm von dem unerträglichen Schmerz, den ihm die Schlinge zufügte, in seinen geweiteten, erstarrten, vor Furcht und Schmerz vergehenden Augen erblickte Edige sein eigenes Abbild, deutlich wie in einem Spiegel, und wäre fast zurückgeschreckt, entsetzt über sein Aussehen. Ein unmenschlicher Ausdruck verzerrte sein erhitztes, schweißnasses Gesicht, der Schnee aber war rundum aufgewühlt von dem Zweikampf, und all das offenbarte sich ihm blitzartig in den irrsinnig blickenden Pupillen Karanars. Viel lieber hätte er alles dem Teufel überlassen und wäre davongestürzt, statt ein unschuldiges Geschöpf derart zu quälen; doch alsbald besann er sich eines Besseren: Man wartete auf ihn in Schneesturm-Boranly, und er durfte nicht ohne Karanar zurückkommen, den würden die Ak-Moinaker Nachbarn einfach abknallen. Also überwand er sich. Triumphierend schrie er auf, bedrohte den Atan, zwang ihn, sich auf die Erde zu legen. Er musste ihn satteln. Schneesturm-Karanar widersetzte sich immer noch, brüllte und gurgelte, aus seinem heißen, röhrenden Maul schlug Edige feuchter Atem entgegen, doch Edige blieb unerbittlich. Er zwang das Kamel, sich ihm zu unterwerfen.

»Kospan, schmeiß den Sattel her, und jag die Stuten weg, hinter die Bergkuppe, damit er sie nicht mehr sieht!«, schrie Edige.

Kospan warf ihm sofort den Sattel von seiner Kamelstute zu und ritt los, um Karanars Herde wegzutreiben. Inzwischen war alles getan – Edige hatte Karanar schnell gesattelt, und als Kospan wiederkam und Edige den abgeworfenen Pelz brachte, zog dieser ihn behände über und schwang sich auf den gesattelten und gezäumten Hengst.

Das wutschnaubende Kamel versuchte noch, zu den ihm entrissenen Stuten zurückzukehren, wollte sogar, den Kopf seitlich zurückdrehend, mit den Zähnen seinen Herrn packen. Doch Edige verstand sein Handwerk. Trotz Karanars Geheul und Wutgeschrei, trotz seines gereizten, unentwegten Gebrülls trieb ihn Edige beharrlich durch die verschneite Steppe und suchte ihn zur Vernunft zu bringen.

»Lass das! Nun reichts!«, sagte er zu ihm. »Gib Ruhe! Zurück kannst du sowieso nicht. Schwachkopf! Du denkst wohl, ich will dir was Böses antun? Ohne mich hätten sie dich erschossen wie ein tollwütiges Raubtier. Was sagst du nun? Du bist toll geworden, das stimmt, und wie! Bist toll geworden und führst dich auf wie der letzte Idiot! Warum sonst bist du hierhergerannt, hast du nicht genug an den eigenen Stuten? Merk dir, wenn wir wieder zu Hause sind, ist Schluss mit deinen Skandalgeschichten in fremden Herden! An die Kette leg ich dich, und keinen Schritt gibt es in die Freiheit, wo du dich so benommen hast!«

Schneesturm-Edige drohte mehr, um sich in den eigenen Augen zu rechtfertigen. Gewaltsam führte er Karanar weg von seinen Ak-Moinaker Stuten. Und das war eigentlich unrecht. Ja, wäre Karanar ein friedfertiges Tier – dann … Die Kamelstute zum Beispiel, auf der er hergeritten war, hatte Edige bedenkenlos bei Kospan gelassen. Kospan hatte versprochen, sie bei Gelegenheit nach Schneesturm-Boranly zu treiben – Probleme gab es nicht, alles lief freundlich und gut. Mit diesem verfluchten Vieh aber hatte er nichts als Scherereien.

Nach einiger Zeit fand sich Schneesturm-Karanar damit ab, dass er wieder gesattelt und seinem Herrn unterworfen war. Er schrie weniger, schritt gleichmäßiger und schneller aus, und bald hatte er seine schnellste Gangart erreicht – er lief im Trab, durchmaß mit seinen Beinen die Steppe wie aufgezogen. Edige entspannte sich, setzte sich bequemer zurecht zwischen den straffen Höckern, knöpfte den Pelz zu, um sich vor dem Wind zu schützen, band die Ohrenklappenmütze fest und wartete nun voller Ungeduld, dass sie sich Boranly näherten.

Unwillkürlich wandten sich Ediges Gedanken wieder seinem verfahrenen Leben zu. Wie sollte er es nur anstellen, damit niemand darunter litt und er selbst seinen Schmerz nicht verbergen musste, sondern freiheraus sagen konnte: So ists, Saripa, ich liebe dich. Und wenn Abutalips Kindern die Wege verbaut sein sollten mit dem Familiennamen des Vaters, dann bitte, wenns Saripa recht ist, soll sie die Jungen auf seinen, Ediges, Namen überschreiben. Er wird nur glücklich sein, wenn sein Name Daul und Ermek zustattenkommt. Keinerlei Hindernisse sollen ihr Leben erschweren. Erfolgreich sollen sie sein dank eigener Kraft und eigenem Können. Wäre es denn schade, dafür seinen Familiennamen herzugeben? Ja, auch solche Gedanken bewegten Schneesturm-Edige auf seinem Weg.

Schon ging der Tag zur Neige. Wie sich der unermüdliche Karanar auch widersetzt und empört hatte, unterm Sattel trabte er zuverlässig. Schon lagen die Boranlyer Niederungen vor ihnen, zeigten sich die vertrauten, schneeverwehten Schluchten, näherte sich der große Hügelkamm – und dort an der Krümmung der Eisenbahnlinie erschien bereits die Ausweichstelle Schneesturm-Boranly. Rauchfahnen kräuselten über den Schornsteinen. Was mochten seine Familien machen? Er war doch nur einen Tag lang fort gewesen, aber die Aufregung hätte gereicht für ein ganzes Jahr. Und die Sehnsucht – besonders nach den Kindern.

Edige hielt hinterm Haus, im Hof, er wollte Karanar sofort in die Koppel sperren. Er stieg ab, packte die an einem eingegrabenen Querbalken befestigte dicke Kette und fesselte die Vorderbeine des Hengstes. Damit ließ er ihn in Ruhe. Mag er erst auskühlen, beschloss er, dann nehme ich ihm den Sattel ab. Er hatte große Eile. Den steifen Rücken reckend und die Beine streckend, trat Edige aus der Koppel, da kam schon seine älteste Tochter, Saule, auf ihn zugerannt. Edige umarmte sie – läppisch in seinem schweren Pelz – und küsste sie.

»Du wirst frieren«, sagte er. Sie war leicht gekleidet. »Lauf nach Hause. Ich komme gleich.«

»Papa«, sagte Saule und schmiegte sich an den Vater, »Daul und Ermek sind weggefahren!«

»Wohin weggefahren?«

»Für immer weg. Mit ihrer Mama. Sie sind in einen Zug gestiegen und weggefahren.«

»Weggefahren? Wann weggefahren?« Er begriff nicht, sah seiner Tochter in die Augen.

»Heute Morgen.«

»Ach so!« Ediges Stimme zitterte. »Na, lauf nur nach Hause, lauf.« Er gab das Mädchen frei. »Ich komm gleich nach, gleich. Geh nur, geh jetzt.« Saule verschwand hinterm Haus. Edige aber lief schnell, ohne auch nur das Koppeltor zu schließen, so, wie er war, den Pelz noch über den Wattesachen, geradewegs zu Saripas Baracke. Er konnte es nicht glauben. Das Kind hatte wohl irgendwas durcheinandergebracht. Das durfte doch nicht sein. Aber die Vortreppe war voller Fußspuren. Mit einem Ruck riss Edige die Tür auf, trat über die Schwelle und erblickte ein verlassenes, längst ausgekühltes Zimmer mit überall verstreutem unnützem Kram. Keine Kinder und keine Saripa!

Ihm wurde elend zumute, elend wie nie zuvor in seinem Leben. Er stand im Pelz mitten im Zimmer, am kalten Ofen, und wusste nicht ein noch aus, war wie gelähmt von der schreienden, aus ihm herausdrängenden Kränkung, von dem Leid um den Verlust. Auf dem Fensterbrett lagen noch Ermeks Wahrsagesteinchen, jene einundvierzig Steine, nach denen die Kinder gelernt hatten, vorherzusagen, wann ihr längst verstorbener Vater zurückkehren werde, Steinchen der Hoffnung und der Liebe. Edige scharrte sie zusammen, presste sie in der Faust – mehr war ihm nicht geblieben. Am Ende seiner Kraft, drehte er sich zur Wand, drückte das heiße, von Kummer gezeichnete Gesicht an die kalten Bretter und weinte gepresst und untröstlich. Dabei fielen ihm die Steinchen aus der Hand, eins nach dem andern. Krampfhaft suchte er sie festzuhalten, doch die zitternde Hand gehorchte ihm nicht, die Steinchen entglitten ihm und schlugen dumpf auf den Boden, eins nach dem andern, fielen hinunter und rollten in alle Ecken des verödeten Hauses.

Da wandte er sich um, rutschte die Wand hinab und hockte sich nieder – so verharrte er, in Pelz und Ohrenklappenmütze, den Rücken an die Wand gelehnt, und schluchzte bitterlich. Aus der Tasche zog er den Schal, den Saripa ihm geschenkt hatte, und wischte sich damit die Tränen ab.

So kauerte er in der verlassenen Baracke und suchte zu begreifen, was vorgefallen war. Saripa mit ihren Kindern war demnach eigens in seiner Abwesenheit abgereist. Folglich hatte sie das so gewollt oder befürchtet, er würde sie nicht weglassen. Und er hätte sie auch nicht weggelassen, um nichts in der Welt. Wie immer das geendet hätte – auf keinen Fall hätte er sie ziehen lassen, wäre er hier gewesen. Jetzt war es zu spät, herumzurätseln, was sich zugetragen hätte, wäre er nicht weggeritten. Sie waren nicht mehr da. Saripa war nicht mehr da. Die Jungen waren nicht mehr da. Hätte er sich je von ihnen getrennt? All das war Saripas Werk, sie hatte gewusst, dass sie besser in seiner Abwesenheit wegfuhren. Sich selbst hatte sie die Abreise erleichtert, aber nicht an ihn gedacht, nicht daran, wie schrecklich es für ihn sein würde, ihre Baracke verödet vorzufinden.

Aber jemand hatte doch einen Zug für sie angehalten in der Ausweichstelle! Jemand? Natürlich Kasangap – wer sonst! Auch Üкübala hatte sicherlich die Hand im Spiel, um Saripa möglichst schnell loszuwerden. Na wartet! Rachsucht wallte in ihm auf, dumpf und ungut entzündete sie sein Hirn – alle Kraft wollte er zusammennehmen, um auf dieser gottverfluchten Ausweichstelle, genannt

Schneesturm-Boranly, alles, aber auch alles kurz und klein zu schlagen, sich dann auf Karanar setzen und in die Steppe hinaussprengen, um einsam zu verrecken vor Hunger und Kälte! So saß er an dem verlassenen Ort – kraftlos und ausgehöhlt, erschüttert über das Vorgefallene. Nichts blieb als dumpfe Verständnislosigkeit: Warum ist sie weggefahren, wohin ist sie gefahren? Warum ist sie weggefahren, wohin ist sie gefahren?

Schließlich ging er nach Hause. Ükübala nahm ihm schweigend Pelz und Mütze ab, trug die Filzstiefel in eine Ecke. An Schneesturm-Ediges steinhartem, grauem Gesicht war schwer abzulesen, was er dachte und zu tun beabsichtigte. Seine Augen schienen nichts zu sehen. Sie drückten nichts aus, verbargen die übermenschliche Anstrengung, deren er bedurfte, an sich zu halten. Ükübala hatte schon einige Male in Erwartung ihres Mannes den Samowar angesetzt. Er kochte, voll glühender Holzkohle.

»Der Tee ist heiß«, sagte die Frau. »Frisch vom Feuer.«

Edige musterte sie schweigend und schlürfte weiter, ohne zu merken, wie er sich verbrühte. Beide warteten gespannt, dass einer zu reden begänne.

»Saripa ist mit den Kindern weggefahren«, sprach endlich Ükübala.

»Ich weiß«, brummte Edige, ohne den Kopf vom Tee zu heben. Und nach kurzem Schweigen fragte er, noch immer mit gesenktem Kopf. »Wohin?«

»Das hat sie uns nicht gesagt«, entgegnete Ükübala.

Wieder herrschte Schweigen. Obwohl er sich an dem siedend heißen Tee die Lippen verbrannte, beschäftigte Edige nur eines: bloß nicht aufbrausen, bloß nicht alles in Stücke schlagen, die Kinder nicht erschrecken, bloß kein Unheil anrichten. Als er genug getrunken hatte, wollte er wieder hinaus. Wieder zog er die Filzstiefel an, warf den Pelz über und stülpte die Mütze auf den Kopf.

»Wohin?«, fragte seine Frau.

»Nach dem Vieh schaun«, warf er hin, bereits auf der Schwelle.

Der kurze Wintertag war inzwischen zu Ende. Fast zusehends verdichtete und verdunkelte sich die Luft. Auch der Frost hatte sich merklich verstärkt, der Wind trieb Schnee in schlängelnden Wellen über die Erde. Edige betrat finster die Koppel. Und schon vom Tor her schrie er mit gereizt funkelnden Augen auf Karanar ein, der an der Kette zerrte: »Dauernd das Gebrüll! Hast du noch nicht genug? Pass bloß auf, du Miststück! Mit dir mach ich kurzen Prozess! Jetzt ist mir alles egal!«

Er stieß Karanar böse in die Seite, fluchte lästerlich, nahm ihm den Sattel ab, schleuderte ihn beiseite und löste die Kette. Dann ergriff er die Leine, presste in der andern Hand die um den Knutenstiel gewickelte Riemenpeitsche und ging in die Steppe, am Zügel den unerträglich schreienden, vor Schwermut heulenden Kamelhengst. Einige Male sah sich der Herr um und holte drohend mit der Peitsche aus, damit Schneesturm-Karanar abließe von dem Gestöhn und Gebrüll, da dies jedoch wirkungslos blieb, spuckte er aus und ging, ohne länger darauf zu achten, finster und geduldig das Gebrüll ertragend, geradewegs über die tiefe Schneedecke, im dahinfegenden Schneegestöber immer tiefer in die dämmrige Weite, die dunkler wurde und allmählich ihre Umrisse verlor. Er atmete schwer, ging aber, ohne anzuhalten. Er ging lange, den Kopf übellaunig gesenkt. Hinter einem Hügel, vor der Ausweichstelle verborgen, hielt er Karanar an und rechnete grausam mit ihm ab. Er warf den Pelz in den Schnee, band sich flink die Halfterleine an den Gürtel um die Wattejacke, damit sich das Kamel nicht losriss und weglief und er selbst die Hände frei hatte, ergriff mit beiden Händen den Knutenstiel und begann den Atan mit der Peitsche zu bearbeiten – ließ an ihm den Zorn aus über sein eigenes Unglück. Wütend, schonungslos peitschte er Schneesturm-Karanar, Schlag auf Schlag versetzte er ihm, heiser krächzend, Schimpfworte und Flüche ausstoßend.

»Da hast dus! Da! Elendes Vieh! Du bist an allem schuld! Nur du! Und jetzt lass ich dich laufen, renn, wohin du willst, immer der Nase nach, aber vorher schlag ich dich zum Krüppel! Da hast dus! Da! Unersättliche Bestie! Nie kriegst du genug! Musst sonst wohin rennen. Sie aber ist inzwischen mit den Kindern weggefahren! Mich fragt keiner, wie mir zumute ist! Wie soll ich nun weiterleben? Wie soll ich leben ohne sie? Wenn euch alles gleich ist, dann ist auch mir alles gleich. Da hast du dein Fett, du Hund!«

Karanar schrie, riss an der Leine, taumelte unter den Peitschenschlägen, warf seinen Herrn um, irrsinnig vor Angst und Schmerz, und lief davon, zerrte ihn über den Schnee. Schleifte seinen Herrn mit wilder, ungeheuerlicher Kraft, schleifte ihn wie einen Balken, nur um ihn loszuwerden, nur um sich zu befreien und wieder dorthin zu laufen, wo er ihn gewaltsam weggeholt hatte.

»Halt! Halt!«, schrie Edige keuchend und sich in den Schnee wühlend, über den ihn sein Atan schleppte. Die Mütze flog ihm vom Kopf. Schneewehen schlugen ihm heiß und kalt gegen Schädel, Gesicht und Wange, krochen unter die Kleidung an Hals und Brust, die Peitsche verhedderte sich in den Händen, und er konnte nichts tun, um den Atan aufzuhalten, die Leine vom Leibriemen zu lösen. Karanar aber schleifte ihn in heilloser Panik, blindwütig, er sah in der Flucht die Rettung. Wer weiß, wie alles geendet hätte, wäre es Edige nicht wie durch ein Wunder gelungen, den Riemen zu lösen, die Schnalle herunterzureißen und sich so zu befreien – er wäre in den Schneewehen erstickt. Als er die Leine schon wieder im Griff hatte, zog ihn das Kamel noch einige Meter und blieb dann stehen, von seinem Herrn gehalten mit letzter Kraft.

»Ach, du!«, murmelte Edige, wieder zu sich kommend, keuchend und taumelnd. »So benimmst du dich! Da, du elendes Vieh! Und jetzt geh mir aus den Augen, aber schnell! Lauf, du verfluchtes Stück, und komm nie wieder in meine Nähe! Scher dich zum Teufel. Verdufte, hau ab! Sollen sie dich ruhig erschießen, totschlagen wie einen tollwütigen Hund. Du bist an allem schuld! Verrecken sollst du in der Steppe! Lass dich bloß nicht wieder hier blicken!« Karanar lief aufschreiend in Richtung Ak-Moinak, Edige aber setzte ihm nach, schlug ihn mit der Peitsche, wünschte ihn zum Teufel, sagte sich von ihm los, wetterte und fluchte wie von Sinnen. Die Stunde der Abrechnung und der Trennung war gekommen. Und lange schrie Edige ihm noch hinterher: »Verschwinde, du Teufelsvieh! Lauf! Verrecke dort, du unersättliches Aas! Hol dir nur eine Kugel in die Stirn!«

Karanar rannte immer weiter über die abendliche, nun dunkle Weite und war bald im Schneetreiben verschwunden, nur hin und wieder kündeten von ihm noch seine gellenden Trompetenstöße. Edige stellte sich vor, wie er die ganze Nacht, im Schneesturm, unermüdlich dorthin laufen würde, zu den Ak-Moinaker Stuten.

»Teufel!« Edige spuckte aus und ging zurück auf der breiten, von seinem eigenen Körper gerissenen Schneespur. Ohne Mütze, ohne Pelz, mit brennender Gesichtshaut und brennenden Händen trottete er durch die Finsternis, die Peitsche hinter sich herschleppend, und unversehens fühlte er in sich vollständige Leere und Kraftlosigkeit. Da ließ er sich im Schnee auf die Knie fallen, kauerte sich zusammen, presste die Hände an den Kopf und begann dumpf und bitterlich zu weinen. Mutterseelenallein, inmitten der Sary-Ösek, hörte er, wie der Wind über die Steppe pfiff, Schnee aufwirbelte, ihn hochstieben ließ, und gleichzeitig merkte er, wie Schnee fiel. Jede einzelne Schneeflocke, Millionen von Schneeflocken, die da, während sie sich in der Luft aneinanderrieben, unhörbar rauschten und raschelten, sprachen, so schien es ihm, nur davon – dass er die Bürde der Trennung nicht ertragen würde und das Leben keinen Sinn mehr habe ohne die geliebte Frau und die Kinder, an denen er hing wie selten ein Vater an den seinen. Und ihn überkam der Wunsch, hier zu sterben, an Ort und Stelle vom Schnee zugeweht zu werden.

Und es schwamm die Erde auf ihren Bahnen, umspült von Höhenwinden. Sie schwamm um die Sonne, und während sie sich um ihre Achse drehte, trug sie zu jener Stunde einen im Schnee knienden Mann inmitten der verschneiten Wüste. Kein König, kein Imperator oder sonstiger Herrscher wäre so verzweifelt vor dem weißen Licht auf die Knie gesunken aus Jammer um den Verlust eines Staates und der Macht wie Edige am Tag der Trennung von der geliebten Frau. Und es schwamm die Erde …

Ohne Saripa, ohne ihre Jungen war alles finster geworden rundum, war verödet, verarmt. Und um sich von diesen Qualen zu befreien, beschloss Edige, offiziell beim Leiter der Ausweichstelle ein Entlassungsgesuch einzureichen und mit der Familie irgendwohin zu fahren. Nur nicht hierbleiben! Schließlich war er nicht für ewig angekettet an diese gottverlassene Ausweichstelle, die meisten Leute lebten woanders, in Städten und Dörfern, keine Stunde hätten die hier ausgehalten. Warum musste er sein Leben lang in der Steppe hocken? Was hatte er sich zuschulden kommen lassen? Nein, es reicht, er fährt weg, zurück an den Aralsee, nach Karaganda oder Alma-Ata – gibt es nicht genug andere Orte auf Erden? Er ist ein guter Arbeiter mit heilen Gliedmaßen, gesund, einstweilen noch mit hellem Kopf, er pfeift auf alles und fährt weg, wozu lange grübeln.

Gedanken machte sich Edige nur, wie er das Ükübala beibringen, wie er sie überzeugen könnte, alles Übrige war kein Problem. Während er sich darauf vorbereitete, auf den günstigsten Moment für ein Gespräch wartete, war eine Woche vorüber, und plötzlich erschien Schneesturm-Karanar, den sein Herr in die Freiheit getrieben hatte.

Edige bemerkte zunächst, dass der Hund hinterm Haus unentwegt bellte, aufgeregt ein Stück weglief, dort bellte und wieder zurückkam. Er ging hinaus, um nachzusehen, was sich dort tat, und erblickte in der Nähe der Koppel ein unbekanntes Tier – ein Kamel, nur sonderbar, es stand da und rührte sich nicht vom Fleck. Edige trat näher und erkannte erst jetzt seinen Karanar.

»Du? Weit hast dus gebracht, armer Kerl, du bist ja total erledigt!«, rief Edige verblüfft.

Vom früheren Karanar waren nur noch Haut und Knochen übrig. Der riesige Kopf mit den eingefallenen, traurigen Augen schlenkerte auf einem dünn gewordenen Hals, die Zotteln sahen aus wie zum Hohn angeklebt und hingen tief über die Knie herab, von Karanars einstigen, wie zwei schwarze Türme ragenden Höckern war nichts mehr zu sehen, beide Höcker waren zur Seite gefallen wie welke Altefrauenbrüste. Der Atan war so kraftlos geworden, dass er es nicht mal bis zur Koppel geschafft hatte. Er war stehen geblieben, um auszuruhen. Bis zum letzten Blutstropfen, bis zur letzten Faser hatte er sich verausgabt während seiner Brunst, nun war er zurückgekommen wie ein ausgeleerter Sack, hatte sich mit letzter Kraft hergeschleppt.

»Ejeje!«, sagte Edige verwundert, nicht ohne Schadenfreude, und betrachtete Karanar von allen Seiten. »Schön hast du dich zugerichtet! Nicht mal der Hund hat dich erkannt. Dabei warst du ein richtiger Atan! Meine Güte! Und so lässt du dich blicken? Schämst du dich nicht? Sind deine Eier noch beisammen, hast du sie wieder mitgebracht oder unterwegs verloren? Und einen Gestank verbreitest du! An die Beine hast du dir gepisst vor lauter Schwäche. Alles ist angefroren am Hintern. Betschara! Ein Häufchen Elend!«

Karanar war zu schwach, um sich zu rühren, verschwunden waren seine Stärke, seine einstige Erhabenheit. Trübselig und jämmerlich wackelte er mit dem Kopf und bemühte sich nur noch, stehen zu bleiben, sich auf den Beinen zu halten.

Edige empfand Mitleid mit dem Atan. Er ging nach Hause und kam zurück mit einer Schüssel besten Weizens, darauf eine halbe Handvoll Salz.

»Da, friss.« Er stellte das Futter vor das Kamel. »Vielleicht erholst du dich. Ich bringe dich dann zur Koppel. Wenn du eine Weile liegst, kommst du wieder zu dir.«

An diesem Tag hatte er ein Gespräch mit Kasangap. Er

ging von selbst zu ihm und sagte: »Ich komme zu dir in folgender Angelegenheit, Kasangap. Wundere dich nicht, gestern mochte ich mich einfach nicht unterhalten, da habe ich dies und das gesagt, heute aber komme ich von selbst. Es geht um was Ernstes. Ich möchte dir Karanar zurückgeben. Bin gekommen, mich bei dir zu bedanken. Dereinst hast du ihn mir als noch nicht abgesetztes Kameljunges geschenkt. Vielen Dank. Er hat mir gute Dienste geleistet. Unlängst habe ich ihn weggejagt, der Kragen war mir geplatzt, heute kam er wieder angetrottet. Er hielt sich kaum noch auf den Beinen. Jetzt liegt er in der Koppel. In zwei Wochen ist er wieder der Alte. Kräftig und gesund. Man muss ihn bloß auffüttern.«

»Moment«, unterbrach ihn Kasangap. »Was hast du im Sinn? Wieso willst du mir plötzlich Karanar zurückgeben? Habe ich dich darum gebeten?«

Da packte Edige alles aus, was er vorhatte. So und so stehe es, sagte er, er wolle mit der Familie wegfahren. Er habe die Sary-Ösek satt, es sei an der Zeit, den Wohnort zu wechseln. Vielleicht sei das besser für sie. Kasangap hörte ihn an und sagte: »Nun, das ist deine Angelegenheit. Mir scheint nur, du weißt selber nicht, was du willst. Na schön, angenommen, du fährst wirklich weg – vor dir selber kannst du nicht davonlaufen. Wohin du auch ziehst – deinem Elend entrinnst du nicht. Es wird dich überallhin begleiten. Nein, Edige, wenn du ein echter Dshigit bist, dann versuch hier, dich zu bezwingen. Wegfahren ist kein Zeichen von Tapferkeit. Das kann jeder. Aber nicht jeder kann sich überwinden.«

Die Träume der Wölfin

Nach der kurzen und wie vom Atem eines Kindes hingehauchten Erwärmung des Tages auf den zur Sonne geneigten Gebirgshängen schlug unfassbar rasch das Wetter um. Von den Gletschern her setzte der Wind ein, durch Spalten und Schluchten drang buckelig und spitz die Dämmerung vor und trug unmerklich das kalte Graublau der bevorstehenden Schneenacht mit sich.

Schnee gab es in Massen ringsum. Über den gesamten Höhenzug um den Issyk-Kul waren die Berge von Schneewehen zugedeckt; über diese Gegend war vor ein paar Tagen ein Sturm hinweggefegt wie Feuer, nach Laune dieses eigenwilligen Elements plötzlich auflodernd. Unheimlich, was sich da so heftig abspielte – die Berge verschwanden in der undurchdringlichen Finsternis des Schneesturms, und es verschwand der Himmel, als hätte sich die eben noch sichtbare Welt in ein Nichts verwandelt. Dann kam alles zur Ruhe, und das Wetter klarte rundum auf. Seit der Befriedung des Schneesturms standen die Berge gefesselt von riesigen Verwehungen in der erstarrten und allem auf der Welt entrückten, erkalteten Stille.

Und nur dieses beharrlich anwachsende und zunehmende, sich nähernde dumpfe Rattern eines Großraumhubschraubers, der sich zu jener vorabendlichen Stunde durch den Cañon Usum-Tschat hindurcharbeitete, hin zum Gletscherpass Ala-Möngkü, der in windiger Höhe von Wolkengespinsten eingenebelt war, es steigerte sich mehr und mehr, kam heran, anhaltend von Minute zu Minute stärker werdend, es gewann schließlich die Oberhand, es ergriff die Herrschaft über den ganzen Raum und schickte sich an, mit einem alles erdrückenden, dröhnenden Getöse über die nur für Laute und Licht erreichbaren Grate, Gipfel und Wolkengletscher zu schwimmen. Um das zwischen Felsen und Schluchten vielfach widerhallende Echo vermehrt, rückte das bedrohliche Gedröhn hoch oben mit einer derart unabwendbaren und furchterregenden Kraft voran, dass es schließlich schien, als fehlte nur wenig, und das Schreckliche geschähe, wie damals beim Erdbeben …

In einem kritischen Moment geschah es dann auch: Von einem steilen, durch die Winde nackt gefegten Berghang, der unter der Flugbahn lag, löste sich unter dem Schlag des Schalls etwas Geröll und kam sofort wieder zum Halt, wie geronnenes Blut. Dieser Stoß genügte indessen, dass sich vom bebenden Boden einige wuchtige Gesteinsbrocken aus dem Steilhang losrissen und weit in die Tiefe hinabrollten, immer schneller und heftiger, Staub und Schotter hinter sich aufwirbelnd, durch Stauden von Rotweide und Berberitze hindurch, eine Schneewehe völlig zersprengten, bis sie am Fuß des Steilhangs wie eine Kanonenkugel einschlugen und die Höhle erreichten, die hier von Grauwölfen in der Nähe eines halb zugefrorenen warmen Baches gebaut war, unter einem ausladenden Felsen, an einer von Gestrüpp verdeckten tiefen Spalte.

Die Wölfin Akbara sprang vor den herabstürzenden Steinbrocken und dem niedersprühenden Schnee zurück und wich rückwärts in die Dunkelheit der Spalte, gespannt wie eine Feder, mit gesträubter Nackenmähne und mit wild glühenden, im Halbdunkel phosphoreszierenden Augen, bereit, sofort und augenblicklich zu kämpfen. Aber ihre Ängste waren dieses Mal unnötig. In offener Steppe ist das schrecklich, wenn du, auf der Flucht vor einem dich verfolgenden Hubschrauber, nirgendwohin springen kannst, während er unablässig deiner Fährte nachjagt, dich einholt, dich mit dem Sausen der Rotoren betäubt und von oben herab mit Feuerstößen aus Maschinenpistolen angreift, wenn es also in der Welt überhaupt keine Rettung mehr vor einem Hubschrauber gibt und die Erde sich auch nicht auftut, um den Gejagten Zuflucht zu gewähren, wenn es keine solche Spalte gibt, wo du dein ewig verwegenes Wolfshaupt vergraben könntest …

In den Bergen ist es ganz und gar anders – hier kannst du immer davonspringen, immer etwas finden, wo du dich verbergen und die Gefahr abwarten kannst. Aber die Urangst ist nie vernünftig, und erst recht nicht die vor Kurzem erkannte und erlebte. Mit dem Herannahen des Hubschraubers begann die Wölfin laut zu winseln, krümmte sich, den Kopf verbergend, zusammen, und trotzdem hielten es die Nerven nicht aus, mit einem Ruck riss sich Akbara los und heulte auf, erfasst von ohnmächtiger, blinder Furcht, und kroch auf dem Bauch krampfhaft zum Ausgang vor, böse und verzweifelt die Zähne fletschend, bereit, auf der Stelle zu kämpfen, als könne sie es damit in die Flucht schlagen, dieses über dem Spalt dröhnende eiserne Ungeheuer, bei dessen Erscheinen sogar die Steinbrocken von oben herabzuprasseln begannen wie beim Erdbeben.

Auf das panische Geheul Akbaras hin zwängte sich ihr Wolf in die Höhle – Taschtschajnar, der sich seit der Zeit, da die Wölfin schwer trug am Leib, meistens außerhalb der Höhle befand, in der Abgeschiedenheit des dichten Gestrüpps. Taschtschajnar, er hatte seiner zerschmetternden Kiefer wegen von den Hirten der Gegend seinen Namen – Steinbrecher – bekommen, kroch zu Akbaras Ruhelager, um sie knurrend zu beruhigen, als wollte er sie mit seinem Körper vor Unglück schützen. Sie presste sich an seine Seite, und immer fester an ihn gedrückt, winselte die Wölfin weiter, als flehte sie klagend den ungerechten Himmel oder irgendjemand an, vielleicht ihr unglückliches Schicksal, und sie konnte sich, am ganzen Körper zitternd, noch lange nicht beherrschen, sogar als der Hubschrauber schon jenseits des mächtigen Gletschers Ala-Möngkü verschwunden und hinter den Wolken gar nichts mehr von ihm zu hören war.

Und in dieser allumfassenden Bergstille, die alles verschlang, als sei die Lautlosigkeit des Weltalls eingebrochen, verspürte die Wölfin plötzlich in ihrem reifenden Leib lebendige Stöße und Regungen. So war es auch gewesen, als einmal Akbara, noch in den ersten Zeiten ihres Jagdlebens, im Sprung eine große Häsin geschlagen hatte: Im Bauch der Häsin waren damals auch solche Regungen unsichtbarer Wesen aufgekommen, und dieser seltsame Umstand hatte die junge, neugierige Wölfin gar sehr verwundert und gebannt, argwöhnisch hatte sie auf ihr Opfer geschaut und erstaunt die Ohren gespitzt. Das war so wundervoll und unbegreiflich gewesen, dass sie sogar versucht hatte, ein Spiel mit den unsichtbaren Körpern anzufangen, genauso wie es die Katze mit den halb toten Mäusen zu treiben pflegt. Und nun nahm sie selbst in ihrem Inneren eine solche lebende Last wahr, da gaben welche Zeichen von sich, die unter günstigen Umständen binnen anderthalb bis zwei Wochen das Licht der Welt erblicken würden. Doch vorerst waren die Tierjungen vom Schoß der Mutter noch untrennbar, ein Teil ihres eigenen Wesens, und deshalb erlebten sie auch bis zu einem gewissen Maß im entstehenden, noch unklaren, nebelhaften embryonalen Vorbewusstsein denselben Schrecken, dieselbe Verzweiflung wie, zu dieser Stunde, die Wölfin selbst. Das war ihre erste Fernberührung mit der Außenwelt, mit der sie erwartenden feindseligen Wirklichkeit. Das brachte sie auch dazu, sich im Leib zu bewegen und damit auf das Leiden der Mutter zu reagieren. Auch für sie war es schrecklich, die Angst hatte ihnen das Blut der Mutter übertragen.

Aufmerksam dem lauschend, was ohne ihren Willen ablief, lauschend der in ihrem Schoß auflebenden Last, geriet Akbara in Erregung. Das Herz der Wölfin begann wiederholt zu stechen und füllte sich mit Kühnheit und Entschlossenheit, unbedingt die zu verteidigen und vor jedweder Bedrohung zu schützen, die sie in sich austrug. Jetzt hätte sie es bedenkenlos mit jedem und allem aufgenommen. In ihr war der große natürliche Instinkt erwacht, die Nachkommen zu erhalten. Zugleich spürte Akbara das Bedürfnis wie eine heiße Welle heranströmen, zu liebkosen, zu erwärmen und lange, lange Zeit den Säugern Milch zu geben, als wären sie bereits an ihrer Seite. Das war ein Vorgefühl des Glücks. Und sie stöhnte vor Zärtlichkeit, vor Erwartung, dass Milch in die rot und prall geschwollenen, riesigen, in zwei Reihen am Wanst herausragenden Zitzen trat, ein Gefühl der Wonne durchzog langsam den ganzen Körper, und so rückte sie erneut zu ihrem graumähnigen Taschtschajnar hin, um sich endgültig zu beruhigen. Er war gewaltig, sein Fell war warm, kräftig und geschmeidig. Und sogar er, der mürrische Taschtschajnar, erfühlte, was die Wolfsmutter, die sich immer enger an ihn schmiegte, verspürte, und er witterte, was in ihrem Schoß vor sich ging, und war also auch davon berührt. Ein Ohr aufrecht gestellt, hob Taschtschajnar den kantigen, schweren Schädel mit dem düsteren Blick aus den tief sitzenden, dunklen Augen; in den kalten Pupillen leuchtete schattenhaft ein dumpfes, wohliges Vorgefühl auf; er knurrte dabei verhalten, etwas schnaubend und hustend, und brachte damit wie immer seine gute Laune und die Bereitschaft zum Ausdruck, widerspruchslos der blauäugigen Wölfin zu gehorchen und sie zu beschützen, und er schickte sich an, Akbaras Kopf, ihre leuchtenden blauen Augen und die Schnauze mit seiner breiten, warmen und feuchten Zunge sorgsam reinzulecken. Akbara liebte Taschtschajnars Zunge, wenn sie, vom heftigen Blutstrom heiß geworden, biegsam wurde, schnell und energisch wie eine Schlange, wenn er damit zu spielen begann und sich ihr sehnsüchtig und zitternd vor Ungeduld ergab, sie aber tat anfänglich so, als wäre ihr dies zumindest gleichgültig, sogar dann noch, wenn die Zunge ihres Taschtschajnar weich und feucht war, in den Minuten der Ruhe und Glückseligkeit nach sättigendem Mahl.

Bei diesem Paar reißender Tiere war Akbara der Kopf, sie war der Verstand und verfügte über das Recht, die Jagd zu beginnen, während er die treue, zuverlässige, unermüdliche und ihren Willen unbedingt erfüllende Kraft war. Diese Beziehungen wurden niemals verletzt. Nur einmal hatte es diesen merkwürdigen und unerwarteten Vorfall gegeben, als ihr Wolf bis zum Morgengrauen verschwunden war und mit dem ihr fremden Geruch eines anderen Weibchens zurückkehrte – mit der Ausdünstung schamloser Brunst, die Rüden über Dutzende von Werst scharf machte und herbeilockte; das hatte in ihr unbändige Wut und Zorn hervorgerufen, und sie wies ihn auch sogleich ab, und unerwartet hatte sie ihm mit ihrem Reißzahn eine tiefe Wunde in der Schulter versetzt und ihn gezwungen, viele Tage lang ununterbrochen hinter ihr herzuhumpeln. Sie hielt diesen Dummerjan in gehöriger Entfernung, von hinten war nur sein Geheul zu hören, und nicht ein einziges Mal antwortete sie darauf, sie wartete nicht auf ihn, als wäre Taschtschajnar nicht ihr Wolf, als gäbe es ihn überhaupt nicht, und wehe, er würde von Neuem versuchen, sich ihr zu nähern, sich zu unterwerfen und sie zu verwöhnen, dann würde Akbara ernsthaft ihre Kräfte mit ihm messen – nicht von ungefähr hatte bei diesem von weit her zugewanderten graublauen Paar sie den Kopf und er die Beine.

Jetzt war Akbara, nachdem sie sich etwas beruhigt und an der breiten Seite Taschtschajnars angewärmt hatte, ihrem Wolf dankbar dafür, dass er ihre Angst teilte und ihr damit das Selbstvertrauen zurückgab, und deshalb widersetzte sie sich auch nicht seinen eifrigen Liebkosungen, erwiderte sie und leckte seine Lefzen an die zwei Mal; ihre Lähmung, die sie zuvor, in den Minuten panischen Schreckens, überfallen hatte und die immer noch in unerwarteten Krämpfen zu spüren war, richtete ihre volle Aufmerksamkeit auf sich selbst, und sie vernahm dabei, wie sich in ihrem Leib die noch ungeborenen Welpen unverständig und unruhig aufführten; und so war sie mit allem versöhnt, mit der Höhle, mit dem großen Winter in den Bergen, mit der allmählich hereinbrechenden Frostnacht.

So endete für die Wölfin der Tag einer schrecklichen Erschütterung. Vom unausrottbaren Mutterinstinkt beherrscht, fürchtete sie nicht nur um sich, sondern auch um jene, die alsbald in dieser Höhle zu erwarten waren und für die sie das alles gemeinsam mit dem Wolf ausgesucht und hergerichtet hatte, in der tiefen Spalte unter dem Felsvorsprung, durch allerlei Gestrüpp verborgen, hinter verstreutem Bruchholz und Steinschlag – dieses Wolfsnest war dafür bestimmt, dass die Nachkommenschaft eine Bleibe hatte, ihren Zufluchtsort auf Erden.

Umso mehr, als Akbara und Taschtschajnar in dieser Gegend Zugewanderte waren. Für das erfahrene Auge unterschieden sie sich sogar äußerlich von ihren hier heimischen Artgenossen. Das Erste, was die Neuankömmlinge unterschied, waren die für Steppenwölfe charakteristischen hellen Töne der Fellstulpen am Hals, die die Schultern fest umrahmten wie ein prachtvoller silbergrauer Umhang von der Unterbrust bis zum Widerrist. Von Wuchs wie die »Akdshaly«, aber graublaumähnig, überragten sie die gewöhnlichen Wölfe der Hochebene um den Issyk-Kul. Und hätte jemand sie aus der Nähe gesehen, so wäre er sehr erstaunt gewesen – diese Wölfin hatte durchsichtige blaue Augen, ein äußerst seltener, möglicherweise einzigartiger Fall. Die Wölfin hatte unter den hiesigen Hirten den Beinamen Akdaly, die Weißwiderristige, aber schon bald veränderte sie sich nach den Gesetzen der Sprachumwandlung zu Akbary, sodann zu Akbara – die Große –, und dabei wäre es keinem in den Sinn gekommen, dass in alldem ein besonderes Vorzeichen lag …

Noch ein Jahr zuvor hätte hier niemand solche Graumähnigen erwartet. Als sie dann einmal aufgekreuzt waren, hielten sie sich indes abseits. Anfänglich streunten die Neulinge, um Zusammenstöße mit den einheimischen Hausherren auszuweichen, zumeist in neutralen Zonen der hiesigen Wolfsreviere umher, schlugen sich mit Mühe und Not durch, preschten sogar, auf der Suche nach Beute, in die Felder hinaus, in die von Menschen bewohnten Niederungen, doch den örtlichen Rudeln schlossen sie sich nicht an – die blauäugige Wölfin Akbara hatte einen viel zu unabhängigen Charakter, um sich Fremden zuzugesellen und ihnen untergeordnet zu sein.

Richter aller Dinge ist die Zeit. Allmählich konnten sich die graumähnigen Zuwanderer selbst durchsetzen; in etlichen grausamen Kämpfen besetzten sie ihr Stück Erde im Hochland um den Issyk-Kul, und nun waren bereits sie, die Eingewanderten, Hausherren, und die einheimischen Wölfe trauten es sich schon nicht mehr, in ihre Reviere einzufallen. Man konnte also sagen, dass sich das Leben der zugezogenen graumähnigen Wölfin am Issyk-Kul ziemlich erfolgreich gestaltete, doch alldem war ihre eigene Geschichte vorausgegangen, und wären Tiere imstande, sich an die Vergangenheit zu erinnern, so hätte Akbara, die sich durch große Aufgewecktheit und feine Wahrnehmung auszeichnete, all das von Neuem durchleben müssen, was in ihr, wer weiß, vielleicht Erinnerungen, manchmal gar Tränen und schweres Stöhnen weckte.

In der untergegangenen Welt der fernen Savanne Mujun-Kum hatte das Leben des großen Jagens seinen Lauf genommen, das endlose Verfolgen in den endlosen Weiten der Mujun-Kum, auf den Fährten der endlosen Herden der Saigas. Seit Urzeiten hausten die Saiga-Antilopen in diesen Savannensteppen des ewig dürrholzigen Saxaul, die ältesten aller Paarhufer, so alt wie die Zeit selbst, diese im Lauf ausdauernden Herdentiere mit der aufgeworfenen Schnauze, den breiten rohrförmigen Nüstern, die Luft aus den Lungen mit solcher Kraft ausblasen, wie der Wal durch seine borstigen Spritzlöcher ganze Ozeanströme bläst, und deshalb mit der Fähigkeit ausgestattet sind, ohne Atempause vom Aufgang bis zum Untergang der Sonne zu rennen, und wann immer sie sich in Bewegung setzten, wurden sie verfolgt von ihren uralten und unzertrennlichen Wölfen; die eine aufgescheuchte Herde versetzte die benachbarte in Panik und jene wiederum die nächste und die weitere, und dann stürzten sich in dieses gemeinsame Rennen die großen und kleinen Herden aus entgegengesetzten Richtungen, die Saigas rasten durch die Mujun-Kum dahin – durchs Gebirge, durch die Täler, über den Sand, wie die Wasser der Sintflut –, da lief die Erde rückwärts davon und dröhnte unter den Hufen wie unterm Hagelgewitter zur Sommerzeit; und die Luft wirbelte von der Bewegung, vom Staub und vom Brandgeruch des unter den Hufen geschlagenen Feuersteins, durchdrungen von dem Geruch des Herdenschweißes, dem Geruch des wahnsinnigen Wettlaufs um Leben und Tod, während die Wölfe, getrennt voneinander laufend, hinterher- und nebenherrannten und versuchten, die Saigaherde in ihren Wolfshinterhalt zu lenken, wo dann inmitten der blattlosen Salzsträucher des Saxaul die Schneidesicheln warteten – reißende Tiere sprangen urplötzlich aus dem Hinterhalt auf den Nacken des ungestüm dahinrennenden Opfers und stürzten, wie ein Kreisel mit der Antilope verknäult, hin und schafften es dabei, die Kehle zu durchbeißen, aus der ein Strom von Blut schoss, und stürzten sich daraufhin von Neuem in die Verfolgung; doch die Saigas erkannten irgendwie und oftmals frühzeitig, wo sie der Wolfshinterhalt erwartete, und schafften es, zur Seite auszuweichen, und dann wurde die Treibjagd von Neuem aufgenommen, in einem neuen Kreis, mit noch größerer Wucht und Geschwindigkeit, und alle zusammen – die Gejagten und die Verfolgenden – verknäulten sich in eine einzige Kette des grausamen Daseins, gingen ganz auf im Lauf, sie verbrannten ihr Blut wie im Todeskampf, um zu überleben und zu leben, und vielleicht konnte sie nur Gott selbst anhalten, die einen wie die anderen, die Gejagten und Jagenden, denn es ging um Leben und Tod von lebenstrotzenden Kreaturen, die Wölfe nämlich hielten ein derart besessenes Tempo nicht aus, waren nicht geboren, in einer solchen Form des Daseinskampfs zu bestehen, sie brachen im Kampfrennen zusammen und blieben im Staubsturm der dahinbrausenden Verfolgung zurück und verendeten; oder aber, falls sie am Leben blieben, verzogen sie sich danach in andere Gebiete, wo sie in harmlose Schafherden einfielen, für die es kein Davonrennen gab; dafür gab es jedoch dort eine andere Gefahr, die schrecklichste aller denkbaren Gefahren – dort bei den Herden befanden sich Menschen, die Schafsgötter oder auch Schafssklaven, jene also, die selbst leben, aber andere nicht überleben lassen, schon gar nicht, wenn diese von ihnen unabhängig sind und so frei, frei zu sein …

Menschen, Menschen sind Gottmenschen! Die Menschen machen Jagd auf die Saigas der Savanne Mujun-Kum. Früher waren sie auf Pferden erschienen, in Fell gekleidet, mit Pfeilen bewaffnet, sodann kamen sie mit knallenden Gewehren, sprengten hurrabrüllend hierhin und dorthin, und die Saigaherde stürzte lärmend in die eine oder die andere Richtung, und finde sie dann einer im Saxaulgestrüpp! Es war dann aber die Zeit gekommen, da die Gottmenschen die Treibjagd mit Autos veranstalteten und die Saigas, fast so wie die Wölfe, bis zur Zermürbung jagten, die Antilopen zusammentrieben und sie aus dem fahrenden Wagen niederschossen; und sodann fingen die Gottmenschen an, in Hubschraubern heranzufliegen, orteten die Saigaherden aus der Luft und umzingelten die Tiere nach vorgegebenen Koordinaten; dabei rasten Scharfschützen über die Ebene mit einer Geschwindigkeit bis zu hundert Stundenkilometern und noch mehr, damit die Steppenantilopen nicht entkommen konnten, während die Hubschrauber von oben Ziel und Kurs korrigierten. Autos, Hubschrauber und Schnellfeuergewehre – und das Leben in der Savanne Mujun-Kum kippte um …

Die blauäugige Wölfin Akbara war noch von halbheller Färbung gewesen und ihr künftiger Wolfsgemahl Taschtschajnar knapp über ihrem Alter, als für sie die Zeit gekommen war, sich an die Mühen des Wolfslebens zu gewöhnen – an die großen Treibjagden. Anfangs schafften sie gerade das Nachsetzen, zerfleischten niedergeworfene Antilopen, töteten nicht ganz Getötete, doch mit der Zeit übertrafen sie viele ihrer erfahrenen Artgenossen an Kraft und Ausdauer, vor allem die alternden. Und wäre alles verlaufen wie von der Natur vorgesehen, dann wäre ihnen bald die Aufgabe von Leittieren des Rudels zugefallen. Aber es war alles anders gekommen …

Kein Jahr ist dem andern gleich, im Frühling jenes Jahres aber war der Nachwuchs unter den Saigaherden besonders reichhaltig, viele Muttertiere warfen zweimal, war doch im vergangenen Herbst während des Treibens die dürre

Grasdecke der Savanne zweimal aufgegrünt, nach einigen ausgiebigen Regenfällen bei heißem Wetter. Die Nahrung war kräftig, daher auch die Zahl der Würfe. Zum Werfen zogen sich die Saigas zu Frühjahrsbeginn in den schneefreien großen Sand zurück, weit in die Tiefe der Mujun-Kum, wohin die Wölfe kaum je gelangten und wo die Jagd auf die Saigas über Wanderdünen ein hoffnungsloses Unterfangen ist. Auf Wüstensand ist die Antilope nicht einzuholen. Doch dafür erhielten die Wolfsrudel das Ihrige im Überfluss zum Herbst und Winter, als die jährlich wiederkehrende Wanderung einen Riesenbestand Antilopen in die Weiten der Halbwüste und der Steppe hinaustrieb. Nun verfügte Gott höchstpersönlich, dass die Wölfe ihren Anteil erhielten. Sogar im Sommer, besonders bei großer Hitze, ziehen es die Wölfe vor, die Saigas nicht anzurühren, andere, leichtere Beute ist genug vorhanden – über die ganze Steppe flitzen zahllose Murmeltiere, sie holen im Winterschlaf Versäumtes nach und müssen während ihres kurzen Sommerlebens all das schaffen, wozu Raubtiere und andere Kreaturen ein ganzes Jahr haben. Der Stamm der Murmeltiere legt also ringsum geschäftige Hast an den Tag und missachtet die überall lauernden Gefahren. Warum sie nicht fangen, da ja allem seine Stunde schlägt, im Winter kriegt man aber kein Murmeltier – es gibt sie nicht. Auch andere kleine Tiere und Vögel, insbesondere Rebhühner, dienen den Wölfen während der Sommermonate als zusätzliche Nahrung, aber die Hauptbeute bringt die große Herbstjagd auf die Saigas – vom Herbst bis zum Ende des Winters. Wiederum galt hier das Gesetz: alles zu seiner Zeit. Und darin bestand die naturgegebene Zweckmäßigkeit des Lebenskreislaufs in der Savanne. Lediglich

Naturkatastrophen und nur der Mensch konnten diesen ursprünglichen Gang der Dinge in der Mujun-Kum zerstören …

Vor Tagesanbruch kühlt die Luft über der Savanne etwas ab, und erst jetzt verschafft die Nacht Erleichterung, den Lebewesen wird freier zumute, es kommt die Glücksstunde zwischen dem heraufziehenden Tag, trächtig schon mit seiner Sonnenglut, die bis zum Weißglühen die salzige Steppe täglich und unerbittlich durchbäckt, und der scheidenden, schwülheißen Nacht, die das Ihre vollendet hat. Der Mond glüht nun über der Mujun-Kum wie eine gelbe Kugel und taucht die Erde in ein beständiges bläuliches Licht. Nirgendwo, an keinem Horizont ein Anfang oder ein Ende dieser Erde, überall fließen ihre dunklen, unermesslichen Weiten mit dem Sternenhimmel zusammen. Die Stille lebt, denn alles, was die Savanne bevölkert, alles – die Schlangen ausgenommen – beeilt sich, die kühle Stunde, das Leben zu genießen. Im Tamariskengesträuch piepsen und rascheln die frühen Vögel, geschäftig flitzen die Igel hin und her, die Zikaden, die, ohne je zu verstummen, die ganze Nacht hindurch sangen, zirpen nun mit ganzer Kraft und strecken sich bereits aus ihren Höhlen, nach allen Richtungen äugen die gerade erwachten Murmeltiere und lassen sich noch Zeit bis zum Einsammeln ihres Futters, die abgefallenen Samen des Saxaul. Eine flachköpfige graue Zwergohreule und fünf flachköpfige Eulchen, halbwüchsig und schon völlig befiedert, fähig, die Flügel zu schlagen, flattern mal hierhin, mal dorthin, und sie fliegen – die ganze Familie –, wie sich das gehört, rufen sich ständig fürsorglich zu, ohne sich aus den Augen zu verlieren. Andere Geschöpfe und unterschiedliche wilde Tiere der Savanne tun es ihnen in der vormorgendlichen Dämmerung gleich, jedes auf seine Weise …

Und der Sommer hielt an, der erste gemeinsame Sommer der blauäugigen Akbara und Taschtschajnars, die sich bereits als unermüdliche Treiber bei den Zermürbungsjagden auf die Saigas hervorgetan hatten und schon zu den stärksten Wolfspaaren der Mujun-Kum gehörten. Zu ihrem Glück – auch in der Welt der Wildtiere mag es wohl glückliche und unglückliche Wesen geben – waren sie beide, Akbara und Taschtschajnar, mit natürlichen Eigenschaften ausgestattet, die für Steppenräuber der Halbwüstensavanne so lebenswichtig sind: blitzschnelle Reaktion, das Vorausfühlen beim Jagen, eine Art »strategischer« Auffassungsgabe und selbstverständlich außergewöhnliche Körperstärke, Schnelligkeit und Sprungkraft im Lauf. Alles sprach dafür, dass diesem Jägerpaar eine große Zukunft bevorstand, ein Leben, erfüllt von den Beschwernissen der täglichen Nahrungssuche, aber gleichermaßen auch voll der Schönheit ihres Raubtierdaseins. Vorläufig stand ihrer uneingeschränkten Herrschaft über die Steppen der Mujun-Kum nichts im Weg, da ja nur hin und wieder zufällig Menschen in diese Gebiete eindrangen; im Übrigen waren sie noch kein einziges Mal einem Menschen von Angesicht zu Angesicht begegnet. Dies würde ihnen wenig später bevorstehen. Und da war noch ein Merkmal des Lebens, genauer gesagt eine Gunst, wenn nicht gar ein Privileg der Schöpfung: Die Raubtiere, wie auch die gesamte Tierwelt, konnten von Tag zu Tag leben, ohne Sorgen und ohne Angst vor dem Morgen. Der Plan der Natur hatte es so eingerichtet, dass die Tiere von dieser verfluchten

Daseinslast von Grund auf frei waren. In dieser Gnade der Natur lag aber auch die Tragödie beschlossen, die den Bewohnern der Mujun-Kum auflauerte. Keinem von ihnen war es gegeben, davon etwas zu ahnen. Keinem von ihnen war die Vorstellung eingegeben, dass letztlich der scheinbar grenzenlose Lebensraum – die Savanne Mujun-Kum, so ausgedehnt und gewaltig, diese Insel im asiatischen Subkontinent –, dass dieser fingernagelgroße gelbbraune Fleck auf der Landkarte Jahr um Jahr von den Rändern her durch umgepflügtes Neuland eingekreist wurde, vom Andrang der zahllosen vor sich hin träumenden Viehherden, die, der Kette artesischer Brunnenlöcher folgend, neue Futterplätze suchten; auch durch die Kanäle und Straßen der Randgebiete und durch die unmittelbar an die Savanne gelegten Erdgasleitungen, die riesigsten ihrer Art; immer hartnäckiger, langfristiger und mit mehr und mehr Technik ausgerüstet, brachen die Menschen auf Rädern mit Motoren und Funkausrüstungen zu den Wasservorräten in die Tiefe aller Wüsten und Halbwüsten ein, darunter auch der Mujun-Kum, und dass dieses Einbrechen schon nicht mehr die geografischen Entdeckungen selbstloser Gelehrter waren, deren sich die Nachfahren stolz rühmen, sondern eine ganz und gar gewöhnliche Sache von ganz und gar gewöhnlichen Menschen, zu der beinahe jeder fähig ist. Den Bewohnern der einzigartigen Savanne Mujun-Kum war noch weniger das Wissen eingegeben, dass alles, was in der menschlichen Gesellschaft gewöhnlich geworden ist, in sich die Quelle des Guten wie des Bösen auf der Welt verbirgt. Und dass es ganz von den Menschen selbst abhängt, wohin sie diese Kraft des Gewöhnlichen lenken – zum Guten oder zum Schlimmen, zum Erschaffen oder zum Verwüsten. Und erst recht nicht ahnen konnten die Geschöpfe der Savanne Mujun-Kum jene fein gesponnenen Qualen, die den Menschen, seit sie denkende Wesen geworden waren, bis aufs Äußerste zusetzen, wenn sie versuchen, sich selbst zu erkennen, und dennoch das Wesen jenes uralten Rätsels nicht durchschauen: weshalb das Böse fast immer das Gute besiegt.

All diese Menschheitsfragen konnten, nach Logik der Dinge, die Raubtiere und die anderen Geschöpfe der Mujun-Kum nicht berühren, denn sie lagen außerhalb ihrer Natur, außerhalb ihrer Instinkte und Erfahrung. Und im Großen und Ganzen hatte vorläufig noch nichts die Lebensweise dieser gewaltigen Steppe verletzt, über die heißen Ebenen und Wellen erstreckt sich die Halbwüste, und nur hier wachsen und gedeihen die dürrebeständigen Arten der Tamariske, einer Pflanze, halb Strauch, halb Baum, hart wie Stein und verdrillt wie Schiffstau, hier gedeiht der sandige Saxaul und allerlei hartes Weidegewächs, vor allem der spitzbogige, schilfige Tschij, diese flimmernde Pracht der Halbwüste, das Steppenrohrgras, das in Mond und Sonne schimmert wie ein goldener durchsichtiger Wald aus Gesträuch und Gestrüpp, in dem jeder wenigstens von der Größe eines Hundes bei erhobenem Kopf alles – wie in seichtem Wasser – um sich herum sieht, so wie er selbst gesehen werden kann.

In dieser Gegend erfüllte sich auch das Schicksal des neuen Wolfspaars Akbara und Taschtschajnar, und sie hatten zu dieser Zeit – das wichtigste im Leben der Tiere – schon ihre Erstlinge, die drei Welpen aus dem ersten Wurf, die Akbara in jenem denkwürdigen Frühling in der Mujun-Kum zur Welt gebracht hatte, in der denkwürdigen Höhle, die sie in der Talsenke, unter der ausgewaschenen Wurzel des Saxaul, ausgewählt hatten, nahe beim halbdürren Tamariskenhain, wohin man bequem die Wolfsjungen zum Aufziehen hinausführen konnte. Die Wolfsjungen hielten bereits die Ohren aufrecht, entwickelten ihre Eigenheiten, obgleich ihre Ohren beim gemeinsamen Spielen auf Welpenart zur Seite knickten; auch auf den Beinen fühlten sie sich bereits ziemlich sicher, und immer häufiger hefteten sie sich zu kleinen und größeren Ausflügen an die Fährte der Eltern.

Unlängst hatte ein solcher Ausflug, der sie einen ganzen Tag und die Nacht von der Höhle wegführte, mit einem unerwarteten Unheil geendet.

An jenem frühen Morgen führte Akbara ihre Welpen an den fernen Rand der Savanne von Mujun-Kum, wo in den Weiten der Steppe, besonders in den dumpfen, tiefen Schluchten und Mulden, halmige Gräser wachsen, die einen schweren, mit nichts vergleichbaren, berauschenden Duft von sich geben. Schlendert man lange durch diese hohen Gräser, so spürt man zunächst eine ungewöhnliche Leichtigkeit in den Bewegungen, wie ein angenehmes Gleiten über der Erde, sodann kommt es zu Schlaffheit in den Beinen und zu Schläfrigkeit. Akbara erinnerte sich an diese Plätze noch von der Kindheit her, sie stattete diesem Ort einmal im Jahr, wenn die betäubenden Gräser blühten, einen Besuch ab. Unterwegs jagte sie kleines Steppenfederwild und liebte es dann, sich in dem hohen Gras leicht zu berauschen und sich in den heißen Schwaden des gräsernen Duftes herumzuwälzen, im Lauf dieses Schweben zu verspüren und dann einzuschlummern.

Dieses Mal waren Taschtschajnar und sie schon nicht mehr allein – ihnen folgten die Wolfsjungen, drei plumpe, langbeinige Welpen. Für den Nachwuchs gehörte es sich, bei den Ausflügen möglichst viel vom umliegenden Land kennenzulernen, sich von Kindheit an seine künftigen Wolfsreviere anzueignen. Die Stellen der stark duftenden Gräser, wohin die Wölfin sie führte, um sie damit vertraut zu machen, markierten die Reviergrenzen, dahinter erstreckte sich eine fremde, unüberschaubare Welt, dort konnten Menschen sein, von dort trug es bisweilen lang gezogene, heulende, herbstliche Winde, die Dampfpfeifen von Lokomotiven, das war die den Wölfen feindliche Welt. Dorthin, an diese Grenze der Savanne, zogen sie, von Akbara geführt.

Hinter Akbara folgte, gemächlich trabend, Taschtschajnar, während die Wolfsjungen, ausgelassen vor lauter überschüssiger Energie, herumtollten, immerzu darauf erpicht, vorauszuspringen, doch die Wolfsmutter erlaubte ihnen eine derartige Eigenmächtigkeit nicht, sie achtete streng darauf, dass es niemand wagte, den Pfad vor ihr zu betreten …

Zunächst kamen sie durch sandigen Boden zwischen dem Saxaulgehölz und dem Wüstenwermut, die Sonne stieg immer höher und kündigte damit, wie gewohnt, klares, heißes Savannenwetter an. Gegen Abend schon hatte die Wolfsfamilie die Savannengrenze erreicht. Just vor Anbruch der Dunkelheit. Die Gräser standen in diesem Jahr hoch und reichten den ausgewachsenen Wölfen fast bis zum Widerrist. Erhitzt von der heißen Sonne des Tages, strömten die unansehnlichen Blüten an den flauschigen Halmen einen starken Duft aus, und besonders an den Stellen, wo das Gewächs eng gedrängt stand, verdichtete sich der Duft jenes Grases. Hier richteten sich die Wölfe nach der langen Wegstrecke in einer kleinen Schlucht einen Rastplatz ein. Die unermüdlichen Wolfsjungen wollten sich indessen nicht ausruhen, ja sie rannten immerfort umher, berochen und beäugten alles, was an dem unbekannten Ort ihre Neugierde weckte. Die Wolfsfamilie hätte da wohl die ganze Nacht verbringen können, umso mehr, als die Raubtiere sich ausgezeichnet gesättigt und ausgiebig den Durst gestillt hatten – unterwegs hatten sie es geschafft, einige fette Murmeltiere und Hasen zu reißen, allerlei Nester zu plündern, getrunken hatten sie an der Quelle in einer Schlucht, die am Weg lag –, aber ein außergewöhnliches Ereignis veranlasste sie, diesen Ort vorzeitig zu verlassen und nach Hause umzukehren, zur Höhle in der Tiefe der Savanne. Die ganze Nacht über liefen sie.

Was war geschehen? Die Sonne war schon im Untergehen, als Akbara und Taschtschajnar, von den Düften des betäubenden Grases leicht berauscht, sich im Schatten von Sträuchern zum Schlaf ausstreckten und plötzlich nicht weit entfernt eine menschliche Stimme vernahmen. Als Erste hatten den Menschen die Wolfsjungen gesehen, die miteinander über der kleinen Schlucht spielten. Die Raubtierjungen konnten nicht ahnen, dass dieses plötzlich aufgetauchte Wesen ein Mensch war. Ein Menschenwesen – völlig nackt bis auf eine Badehose am Leib und an bloßen Füßen Turnschuhe, mit einem einst weißen, inzwischen gehörig abgenutzten, schmutzigen Panama auf dem Kopf – rannte so splitternackt durch ebendiese Gräser. Es rannte seltsam, suchte das Gewächs und lief dort unentwegt zwischen den Halmen vor und zurück, als bereite es ihm Vergnügen.

Die Wolfsjungen hielten sich zunächst versteckt, sie waren verwundert und fürchteten sich ein bisschen – so etwas war ihnen noch nie begegnet. Und der Mensch rannte und rannte immerzu durch die Gräser wie ein Verrückter. Die Wolfsjungen fassten nun etwas Mut, die Neugierde siegte, sie wollten mit ihm ein Spiel anfangen, mit diesem merkwürdigen Läufer, diesem überdrehten, nie gesehenen, nackthäutigen zweibeinigen Raubtier. Und da hatte auch der Mensch die Wolfsjungen entdeckt. Und das Erstaunlichste war: Statt sich in Acht zu nehmen und darüber nachzudenken, wieso hierher auf einmal Wölfe kamen, ging dieser Kauz zu den Wolfsjungen hin und streckte ihnen zärtlich die Hände entgegen.

»Oho, schau mal einer, was ist denn das?«, rief er aus, schwer schnaufend und sich den Schweiß aus dem Gesicht wischend. »Doch nicht etwa ein Wölflein? Oder kommt mir das nur so vor, weil mir schwindelt? Ja, nein, dreie sind es, so hübsche und so große Kerlchen! Ach, ihr meine süßen, wilden Dingerchen! Woher kommt ihr denn, und wohin wollt ihr? Was macht ihr denn da? Mich hat wohl der Teufel hierhergeführt, aber was tut ihr da in diesen Steppen unter dem verfluchten Gras? Nun kommt schon, kommt doch her zu mir, habt keine Angst! Ach, ihr Dummerchen, ihr meine lieben wilden Tierlein!«

Die unverständigen Wolfsjungen folgten tatsächlich seinen Koseworten. Schwanzwedelnd drückten sie sich verspielt zur Erde, krochen zum Menschen hin, in der Hoffnung auf einen Wettlauf, als auf einmal Akbara aus der Schlucht heraussprang. Die Wölfin hatte die Gefährlichkeit der Lage augenblicklich erkannt. Dumpf knurrend stürzte sie sich auf den nackten Menschen, den die Strahlen der untergehenden Steppensonne rosafarben anleuchteten. Es hätte sie keinerlei Mühe gekostet, ihm mit den Eckzähnen kräftig die Kehle oder den Bauch zu zerfetzen. Aber der Mensch, beim Anblick der wütend anfallenden Wölfin völlig verstört, hockte sich nieder und fasste sich dabei aus Angst an den Kopf. Das war es auch, was ihn rettete. Schon im Anlauf hatte Akbara ihre Absicht geändert. Sie sprang über den Menschen hinweg, den nackten und schutzlosen, den sie mit einem Schlag hätte vernichten können, sie sprang über ihn hinweg, erspähte die Züge seines Gesichts und die vor unheimlicher Angst erstarrten Augen, sie witterte in jener Sekunde die körperliche Ausdünstung des Menschen, wandte sich erneut um, nachdem sie ihn übersprungen hatte, um ein zweites Mal in der anderen Richtung über ihn hinwegzusetzen. Ohne zu verharren, stürzte Akbara zu den Wolfsjungen, trieb sie weg und drängte sie ab zur Schlucht, stieß dort mit Taschtschajnar zusammen, biss den Wolf, packte rechtzeitig auch ihn, der beim Anblick des Menschen seine Nackenmähne schrecklich gesträubt hatte, und sie alle trollten sich im Haufen hinab in die Schlucht und waren augenblicklich verschwunden …

Und erst jetzt kam es diesem nackten und unbeholfenen Typen in den Sinn, vor den Wölfen davonzurennen. Er rannte lange durch die Steppe, ohne sich umzusehen und zu verschnaufen …

Das war die erste zufällige Begegnung Akbaras und ihrer Familie mit dem Menschen gewesen. Aber wer konnte wissen, was diese Begegnung ankündigte …

Der Tag neigte sich dem Ende zu, er klang aus mit einer langen, überschüssigen Glut von der untergehenden Sonne, von der tagsüber aufgeheizten Erde. Sonne und Steppe bestehen seit Ewigkeiten: Nach der Sonne bemisst man die Steppe, die Größe des von der Sonne beleuchteten Raumes. Und der Himmel über der Steppe bemisst sich nach der Höhe, die der Milan im Flug erreicht hat. Zu jener Stunde vor Sonnenuntergang kreiste über der Savanne Mujun-Kum in schwindelnder Höhe ein ganzer Schwarm weißgeschwänzter Milane. Sie flogen, als wären sie entrückt, schwammen ziellos, selbstvergessen und schwebend den Flug um des Fluges willen vollendend, in ihrer immerfort kühlen, von einem Dunstschleier verhüllten, wolkenlosen Höhe. Einer hielt sich am andern, alle kreisten in einer Richtung, als wollten sie damit die Ewigkeit und die Unerschütterlichkeit dieser Erde und dieses Himmels versinnbildlichen. Die Milane gaben keinerlei Laut von sich, sondern beobachteten nur schweigend, was sich da tief unter den Flügeln abspielte. Dank ihrer außerordentlichen, alles erfassenden Spähkraft, dank ihres Sehvermögens (das Gehör steht bei ihnen an zweiter Stelle) hatten diese aristokratischen Greifvögel die Oberhoheit über die Savanne; auf die sündhafte Erde ließen sie sich lediglich zur Nahrungsaufnahme und fürs Nachtlager herab.

Sie beobachteten wohl zu jener Stunde aus unermesslicher Höhe, wie auf einer Handfläche, den Wolf, die Wölfin und die drei Wolfsjungen, die sich auf einem kleinen Hügel unter verstreuten Tamariskenbüschen und dem goldfarbenen Gesträuch des Tschij niedergelassen hatten. Wegen der Hitze hechelten sie gleichzeitig mit hängender Zunge, sie rasteten auf der kleinen Anhöhe und dachten dabei nicht im Geringsten daran, dass sie aus dem Himmel der Greifvögel beobachtet wurden. Taschtschajnar verharrte mit schräg gelagertem Oberkörper in seiner Lieblingspose:

Er hatte die Pfoten vor sich gekreuzt, den Kopf gehoben, er zeichnete sich durch einen mächtigen Nacken, starke Knochen und einen massigen Körperbau aus. Daneben saß die junge Wölfin Akbara, den kurzen Schwanz sorgsam unter sich zurechtgelegt, wie ein zur Statue erstarrter Körper. Die Wölfin stützte sich auf die gerade vor sich gestellten, sehnigen Beine. Ihre weiß schimmernde Brust und der feine Bauch mit den nach wie vor abstehenden, wenn auch schon nicht mehr so hervorschwellenden Zitzen in zwei Reihen unterstrichen die festen, kräftigen Lenden der Wölfin. Und die Wolfsjungen, die Drillinge, tummelten sich daneben. Ihre rastlose Aufsässigkeit und Verspieltheit ärgerten die Eltern nicht im Geringsten. Der Wolf und die Wölfin schauten auf sie mit offenkundiger Nachsicht – sollen sie sich halt austoben …

Und die Milane kreisten unentwegt in jener entrückten Höhe und beobachteten noch immer ungerührt, was sich unten bei Sonnenuntergang in der Mujun-Kum tat. Nicht weit von den Wölfen und Wolfsjungen, etwas abseits von ihnen in den Tamariskenhainen, weideten Saigas. Gar nicht wenige waren es. Eine ziemlich große Herde hielt sich hier in den Tamarisken auf und in einer gewissen Entfernung noch eine andere, noch zahlreichere Herde. Würden sich die Milane für diese Steppenantilopen interessieren, so hätten sie sich beim Rundblick über die Savanne, über Dutzende von Kilometern, davon überzeugen können, dass die Zahl der Saigas riesig war – Hunderte, Tausende waren es, sie waren der Urtyp der Tiere in dieser gesegneten, ihnen seit Urzeiten vertrauten Halbwüste. Die Saigas warteten das Ende der Abendhitze ab und brachen des Nachts zu den Wassertränken auf, zu den in der Savanne so seltenen und fernab gelegenen Nassquellen. Einzelne Gruppen zog es bereits in jene Richtung, und sie beschleunigten dabei rasch ihren Lauf. Sie hatten große Entfernungen zurückzulegen.

Eine der Herden zog so nah an dem Hügel vorüber, wo sich die Wölfe befanden, dass ihre rasch dahingleitenden Flanken und Rücken, die leicht gesenkten Köpfe und die kleinen Hörner der Böcke in der geisterhaft beleuchteten Grasdecke des Tschij deutlich zu sehen waren. Sie bewegen sich immer mit gesenktem Kopf, dadurch können sie jeden Augenblick zum Rennen losbrechen, ohne den geringsten Luftwiderstand zu verspüren. So hat sie die Natur im Lauf der Evolution ausgestattet, und darin liegt der Hauptvorteil der Saigas: vor beliebiger Gefahr können sie sich durch Flucht retten. Sogar wenn sie nicht alarmiert sind, bewegen sich die Saigas gewöhnlich in mäßigem Galopp, unermüdlich und unerschütterlich, und sie geben dabei niemandem den Weg frei, außer den Wölfen, denn sie, die Antilope, ist die Vielzahl, und schon darauf beruht ihre Stärke …

Jetzt zogen sie an Akbaras Familie vorüber, die von Sträuchern verdeckt wurde – eine galoppierende Masse, und diese Bewegung zog einen lebenden Wind mit sich, aus Herdengeruch und dem Staub der Hufe. Die Wolfsjungen auf dem Hügel überkam eine Erregung, instinktiv erwitterten sie etwas. Alle drei schnupperten angestrengt in die Luft und wollten, ohne noch zu begreifen, worum es ging, in jene Richtung laufen, von wo es diesen so aufwühlenden Herdengeruch hertrug, so sehr drängte es sie in das stänglige Unterholz des Tschij, in dem eine große Bewegung zu erahnen war: das Flimmern vieler flitzender Körper. Dennoch rührten sich die Wolfseltern nicht einmal, weder Akbara noch Taschtschajnar veränderten ihre Positur, sie blieben äußerlich gelassen, obgleich es ihnen keine Mühe gemacht hätte, in buchstäblich zwei Sprüngen, urplötzlich, an der Seite der vorüberziehenden Herde aufzutauchen und sie zu jagen, sie heftig und unbändig zu verfolgen, zu zermürben in jenem gemeinsamen Wettlauf bis zur Schwelle des Todes, wo man aufgibt, wo Erde und Himmel die Plätze vertauschen, in einer jähen Wende so flink und geschickt zu sein und im Flug ein paar Antilopen niederzureißen. Möglich wäre das durchaus gewesen, aber es hätte auch so kommen können, dass sie die Beute nicht erjagt hätten, das war bisweilen auch geschehen. So oder so – Akbara und Taschtschajnar dachten nicht daran, eine Verfolgungsjagd zu beginnen, auch wenn sich das fast aufdrängte, auch wenn sich die Beute geradezu anbot, sie rührten sich nicht vom Fleck. Dafür gab es Gründe – sie waren an dem Tag satt, und bei solch unglaublicher Hitze und schwerem Magen eine Hetzjagd zu veranstalten und die kaum einzuholenden Saigas zu verfolgen, das hätte fast so viel wie den Tod bedeutet. Die Hauptsache war aber, dass eine derartige Jagd für den Nachwuchs noch verfrüht gewesen wäre. Die Wolfsjungen hätten in Stücke zerfetzt werden können, ein für alle Mal, sie wären im Lauf außer Atem geraten, hinter dem unerreichbaren Ziel zurückgeblieben, sie hätten daraufhin den Mut verloren. Im Winter, wenn die Jahreszeit der großen Treibjagden kam, dann konnten die Jungwölfe, bereits mit gewachsenen Kräften und beinahe ein Jahr alt, ihre Kraft versuchen, dann konnten sie sich der Sache anschließen, doch vorerst lohnte es sich nicht, ihnen das Spiel zu verderben. Aber bald würde die Stunde ihres Ruhmes schlagen!

Akbara sprang von den Wolfsjungen, die sie in der Ungeduld des Jagdfiebers belästigten, etwas zurück, setzte sich an einem anderen Fleck nieder und verfolgte dabei unverwandten Blickes den Zug der Antilopen auf der Suche nach einer Tränke, Flanke an Flanke im silbrigen Tschij, wie Fische zur Laichzeit zu den Oberläufen der Flüsse schwimmen, alle in ein und derselben Richtung strömend und keine von der anderen zu unterscheiden. Im Blick Akbaras schimmerte ein Wissen durch – lass die Saigas jetzt nur davonziehen, es kommt der festgesetzte Tag, alles, was in der Savanne war, wird in der Savanne bleiben. Die Wolfsjungen hatten sich inzwischen darangemacht, den Vater zu belästigen, sie versuchten, den mürrischen Taschtschajnar aufzuscheuchen.

Akbara aber stellte sich plötzlich den Anfang des Winters vor, sah die große Halbwüste ganz in Weiß vor sich, jenen schönen Tag, da zur Morgendämmerung Neuschnee auf der Erde liegt, einen Tag oder einen halben Tag lang liegen bleibt, jene Stunde aber wird den Wölfen das Signal geben für die große Jagd. Und von dem Tag an wird die Jagd auf die Saigas die Hauptsache in ihrem Leben sein. Und dieser Tag wird anbrechen! Nebelschwaden in den Niederungen, frostiger Raureif auf dem traurigen weißen Tschij, auf den umgeknickten, buschigen Tamarisken und diesige Sonne über der Savanne – die Wölfin stellte sich den Tag so deutlich vor, dass sie unwillkürlich erbebte, als wäre das alles bereits so, als hätte sie unverhofft die frostige Luft eingeatmet und würde bereits auf den federnden Pfotenpolstern, geschlossen zu Blütensternbildern, dahintappen, auf verharschtem Schnee, und vollkommen deutlich konnte sie ihre stattlich ausgewachsenen Mutterspuren lesen und alle Spuren der Wolfsjungen. Bereits erwachsen wären sie dann, stünden fest auf den Beinen und zeigten schon ihre Neigungen; ihre Spuren würde sie selbst lesen und darin wiederum all das erkennen, gleich daneben den Abdruck der stärksten Pfoten – mächtige Blütenstände mit Krallen wie Schnäbeln, die aus Nestern herausragten, das wären die Pfoten Taschtschajnars, tiefer und kräftiger in den Schnee eingedrückt als all die anderen, weil er gesund ist und schwergewichtig an der Wamme, er ist die Kraft und das blitzschnelle Messer an den Kehlen der Antilopen, und jede eingeholte Saiga wird den weißen Schnee der Savanne schlagartig mit purpurrotem Blut tränken, wie ein Vogel – im Schwingen der heißen roten Flügel, um des einen Zweckes willen, damit anderes Blut lebe, verborgen in ihren grauen Fellen, denn ihr Blut lebte auf Kosten eines anderen Blutes; so war es vom Ursprung aller Anfänge vorgegeben, ein anderes Mittel gab es nicht, und da war niemand Richter, wie es auch weder Schuldlose noch Schuldige gab, schuld hatte nur der, der das eine Blut schuf für das andere. (Lediglich dem Menschen ist ein anderes Los bestimmt, er beschafft sich sein Brot durch Arbeit, und durch Arbeit züchtet er sich Fleisch – er erschafft die Natur für sich selbst.)

Und die Spuren im Neuschnee der Mujun-Kum, die größeren und etwas kleineren Wolfsdolden, würden sich nebeneinander durch den Nebel der Niederungen ziehen und in den windgeschützten Talsenken, inmitten der Sträucher, enden – da warten dann die Wölfe, blicken um sich und lassen die zurück, die im Hinterhalt bleiben …

Nun naht die heiß ersehnte Stunde, Akbara schleicht sich heran, so nah man herankriechen kann, und presst sich dabei im Schnee eng an die vereisten Gräser, ohne zu atmen, nähert sich den weidenden Saigas, so nah, dass sie in ihre Augen sieht, die noch durch nichts beunruhigt sind, und dann stürzt sie sich auf sie wie ein Schatten – und dies ist die Sternstunde des Wolfes! So lebhaft stellte sich Akbara jene erste Treibjagd, die Lehre der Jungwölfe, vor, dass sie unwillkürlich aufwinselte und sich kaum auf der Stelle hielt.

Ach, was wird das für ein Verfolgen sein durch die Savanne des Winteranfangs! Die Saigaherden werden Hals über Kopf dahinjagen, wie vom Feuer getrieben, und der weiße Schnee wird sich augenblicklich in eine schwarze Erdnarbe verwandeln, und sie, Akbara, wird ihnen auf der Fährte sein, führend und allen voran, und hinter ihr, beinahe gleichauf, ihre Wolfsjungen, alle drei Erstlinge, ihre Nachkommenschaft, die auf die Welt gekommen und vom Ursprung an bestimmt waren zu solcher Jagd, und an ihrer Seite ihr Taschtschajnar, der gewaltige Vater, im Lauf unbändig und nur ein einziges Ziel verfolgend – die Saigas so zu treiben, dass sie in den Hinterhalt gelenkt werden, um damit für seine Sprösslinge die Jagdaufgabe vorbildlich zu erfüllen. Ja, das wird ein unbändiger Lauf werden. Und in Akbara lebte zu jener Stunde nicht nur die künftige Beute als Ziel und heißer Wunsch, sondern auch das Verlangen, möglichst bald möge das Jagen beginnen, wenn sie in der Verfolgung wie grau geflügelte Vögel dahingetragen werden … Darin erfüllte sich der Sinn ihres Wolfslebens …

Das waren die Träume der Wölfin, die Triebe ihrer Natur; wer weiß, vielleicht waren ihr die Träume von oben eingegeben, bitter wird sie sich später an sie erinnern müssen, im Herzen wird es sie stechen, und sie wird davon oft und ausweglos träumen … Und sie wird wehklagen, wie zur Strafe für ihre Träume. Denn alle Träume sind so – anfänglich entstehen sie in der Einbildung, dann aber zerbrechen sie, weil sie es darauf ankommen ließen, wie so manche Blumen und Bäume, ohne Wurzeln zu wachsen … So sind doch alle Träume – und ihre Tragödie ist: Man braucht sie bei der Erkenntnis von Gut und Böse …

Der Winter war bereits in die Mujun-Kum eingezogen. Einmal hatte es schon recht ordentlich geschneit, doch der Schnee bedeckte die Savanne nicht lange, die an jenem Morgen wie ein weißer Ozean erschien, uferlos für den Blick, mit im Dahinrollen erstarrten Wogen, mit grenzenlosem Raum für den Wind und das rispenblütige Gipskraut, und dann kehrte schließlich in der Mujun-Kum eine Stille ein wie im unendlichen Weltraum, der Sand war endlich mit Nässe vollgesogen, und die feuchten Lehmsenken waren durchweicht, nachdem sie ihre raue Härte verloren hatten … Doch zuvor waren die schnatternden Herbstgänse in Schwärmen über die Savanne in Richtung Himalaja gezogen, von wer weiß welchen Meeren und Flüssen her, wohl zum Ursprung neuer Wasser, sodass die Bewohner der Savanne, verfügten sie über Flügel, sich dem Ruf hätten ergeben und mitziehen müssen. Doch jeder Kreatur ist ihr Paradies vorbestimmt … Sogar die Steppenmilane waren, in ihrer Höhe schwebend, ein klein wenig zur Seite gewichen …

Akbaras Wolfsjungen waren zum Winter hin merklich gewachsen und hatten ihre kindliche Gleichheit abgelegt, alle drei Erstlinge waren in linkische, das Maß ihres Alters übersteigende Jungwölfe verwandelt, doch ein jeder hatte bereits seine ausgeprägte Eigenart. Die Wölfin konnte ihnen freilich keine Namen geben: Von Gott gefügte Grenzen lassen sich nicht überschreiten, dafür konnte sie sie leicht nach dem Geruch, was Menschen nicht gegeben ist, und nach anderen Lebensmerkmalen unterscheiden und einen jeden ihrer Nachkommenschaft einzeln zu sich rufen. So hatte das größte der Wolfsjungen eine breite Stirn wie Taschtschajnar und wurde wahrgenommen als der Großschädel, während das mittlere, auch ein Brocken, mit den lang gezogenen hebelförmigen Läufen als der Schnellfuß galt, den niemand daran hindern würde, mit der Zeit ein Traberwolf zu werden; unter ihnen war aber noch, haarscharf wie Akbara selbst, die Blauäugige mit dem weißen Flecken um die Leisten, wie ihn Akbara hatte, ihr verspieltes Nesthäkchen, und Akbara hatte sie sich in ihrem wortlosen Bewusstsein als Nesthäkchen eingeprägt. Sie wuchs heran zum Gegenstand von Zwist und tödlichen Kämpfen unter den Rüden, dann, wenn ihre Zeit zum Ranzen käme …

In der Nacht war unmerklich der erste Schnee gefallen, und der frühe Morgen brachte einen unverhofften Festtag für alle. Anfangs hatten die hochgeschossenen Wolfsjungen vor dem Geruch und dem Aussehen des unbekannten Stoffes, der das ganze Gelände um die Höhle verwandelt hatte, etwas Scheu, doch darauf gefiel ihnen die kühle Freude, sie rannten und tollten umher – wer ist der Schnellere –, zappelten im Schnee, schnaubten und wufften vor Lust. So hatte der Winter für die Erstlinge begonnen, und sein Ende würde die Trennung bringen, von der Wolfsmutter und dem Wolfsvater, den Abschied voneinander, und dann würde jedes für sich ein neues Leben beginnen.

Bis zum Abend fiel noch einmal Schnee, und am nächsten Morgen war die Steppe schon vor Sonnenaufgang klar und taghell. Ruhe und Stille breiteten sich überallhin aus, und der beißende Winterhunger kündigte sich an. Das Wolfsrudel lauschte gespannt in die Umgebung, es war höchste Zeit für den Fang und das Erbeuten von Nahrung. Für die Treibjagd auf die Saigas erwartete Akbara die Mitwirkenden aus anderen Rudeln. Vorerst kündigte sich noch niemand an. Alle lauschten und warteten auf solche Signale. Da sitzt Großschädel in ungeduldiger Spannung, ahnt noch nicht, welche Mühen ihm bei der Jagd bevorstehen, auch Schnellfuß hält sich bereit, und dort Nesthäkchen – sie blickt der Wölfin in die blauen Augen, hingebungsvoll und kühn, während nebenan der Vater der Familie, Taschtschajnar, auf und ab geht. Und alle warten darauf, wie Akbara befiehlt. Doch über ihnen waltet ein höherer Gebieter – Zar Hunger, der Herr über die Befriedigung der Leiber.

Akbara erhob sich und setzte sich trabend in Bewegung, längeres Warten war sinnlos. Und alle folgten ihr nach.

Alles begann etwa so, wie es der Wölfin geträumt hatte, als die Wolfsjungen noch klein waren. Und nun war die Zeit angebrochen, die eigentliche Zeit für die Steppentreibjagd in Rudeln.

Noch würde es ein wenig dauern, bis sich mit den Frösten auch die Einzelgänger an die Wolfsgemeinschaften anschlössen und bis Winterende gemeinsam auf Beute gingen.

Unterdessen führten Akbara und Taschtschajnar ihre Erstgeborenen schon zur Bewährung zu ihrer ersten großen Jagd auf die Saigas.

Die Wölfe gingen, sich der Steppe anpassend, mal im Schritt, mal im Trab und pressten dabei in den jungfräulichen Schnee die Blumen von Raubtierspuren, Zeichen der Kraft und des geballten Willens, da schlichen sie unter den Sträuchern, mal geduckt, mal schlüpfend wie Schatten. Und alles hing nun von ihnen selbst ab und vom Glück …

Geschwind lief Akbara auf einen Hügel hinauf, Umschau zu halten, und erstarrte, die blauen Augen in die Ferne gerichtet und die Gerüche der Winde mit ihrem Spürsinn auslesend. Die große Savanne erwachte, so weit die Wahrnehmung im leichten Nebel reichte, die Saigaherden ließen sich nach dem Wind an verschiedenen Orten erwittern – riesige Ansammlungen von Jährlingen, die sich schon in neue Herden aufgeteilt hatten. Das Jahr war für die Saigas fruchtbar gewesen, das kam also auch den Wölfen zugute.

Die Wölfin verweilte auf der von Tschij bewachsenen Anhöhe etwas länger, sie hatte wohl auszuwählen und nach dem Wind zu bestimmen, wohin und in welche Richtung der Steppe sich begeben, um ohne Fehl die Jagd zu beginnen.

Und just zu dem Zeitpunkt war auf einmal von irgendwoher, seitwärts und von oben her, ein seltsames dumpfes Grollen zu hören, über die Steppe zog ein Heulen, das aber keineswegs dem Donnern des Gewitters ähnelte. Dieser Ton war völlig unbekannt und wurde derart laut, dass es auch Taschtschajnar nicht mehr hielt, er sprang zur Wölfin hoch, und sie beide wichen vor Angst zurück – am Himmel ereignete sich etwas, dort tauchte ein noch nie gesehener Vogel auf, ungeheuerlich krachend flog er über der Savanne, etwas schief liegend und mit dem Schnabel nach unten geneigt, dahinter, in einiger Entfernung, schien noch so ein Ungetüm zu fliegen. Sodann entfernten sie sich, und der Lärm verstummte allmählich.

Und so hatten zwei Hubschrauber den Himmel der Mujun-Kum durchschnitten wie Fische, die im Wasser keine Spuren ihrer Bewegung hinterlassen. Damit aber hatte sich weder oben noch unten etwas verändert, abgesehen davon, dass es um Luftaufklärung ging, dass darüber zu jener Stunde die Funksprüche der Piloten in unverschlüsseltem Text über den Äther gingen, was sie gesehen hatten, wo und in welchem Planquadrat sich Zugänge zur Mujun-Kum befanden, für Geländewagen und Laster mit Anhängern …

Aber die Wölfe – was hätten sie, da die urplötzliche Verwirrung einmal überstanden war, noch damit anfangen können – hatten alsbald die Hubschrauber vergessen und trabten über die Steppe zu den Revieren der Saigas hin, ohne auch nur im Traum zu ahnen, dass sie alle, alle Bewohner der Savanne, schon entdeckt, auf Karten in nummerierten Quadraten vermerkt und zum Massenabschuss verurteilt waren, dass ihr Untergang bereits eingeplant und koordiniert war, dass man schon auf zahllosen Motoren und Rädern heranrollte …

Woher sollten sie, die Steppenwölfe, auch wissen, dass ihre Urbeute – die Saigas – jetzt für die Erfüllung des Fleischplans gebraucht wurde, dass die Lage für das Gebiet außerordentlich angespannt war – der »Fünfjahresplan« wird platzen – und irgend so ein Forschling aus der Leitung des Gebietskomitees plötzlich die Strategie vorschlug: Ran an die Fleischvorräte der Mujun-Kum. Die Idee lief darauf hinaus, es gehe nicht nur um die Produktion, sondern auch um den tatsächlich vorhandenen Fleischbestand, und nur dies sei der einzige Ausweg, das Gesicht dieses Gebiets in der Volksmeinung und bei den übergeordneten Aufsichtsorganen zu wahren. Woher hätten sie, die Steppenwölfe, wissen sollen, dass aus den Zentralen in das Gebiet Anrufe kamen, unverzüglich und augenblicklich die Forderung zu erfüllen. Buddelt es aus dem Boden, aber bringt das Fleisch her, Schluss mit dem Verschleppen, im Jahr, da der Fünfjahresplan abgeschlossen wird, was sollen wir dem Volk sagen, wo bleibt der Plan, wo bleibt das Fleisch, wo bleibt die Erfüllung der Verpflichtungen?

»Plan wird bestimmt erfüllt«, antwortete die Gebietsverwaltung, »in der nächsten Dekade. Zusätzlich Reserven an Außenstellen vorhanden, wir werden Druck machen, werden es einfordern ...«

Und die Steppenwölfe schlichen sich zu der Stunde nichtsahnend und eifrig auf Umwegen zum verborgenen Ziel, immer noch von der Wölfin Akbara angeführt, geräuschlos auf den weichen Schnee tretend, sie näherten sich der letzten Grenze vor dem Angriff, den hohen Stängeln des Tschij, zwängten sich dazwischen und ähnelten dabei den bräunlichen Erdhügeln. Von hier konnten Akbaras Wölfe alles sehen wie auf einer Handfläche. Die unzählbare Herde der Steppenantilopen, alle wie ausgesucht, absolut einheitlich geschaffen, mit weißem Fell an den Flanken und kastanienfarbenem Rücken, weidete in dem breiten Tamariskental, ohne die Gefahr zu ahnen, und sie fraßen gierig das Steppengras mit dem feuchten Schnee. Akbara wartete vorerst noch ab, das war nötig, um vor dem Sprung Atem zu schöpfen und in einem Satz aus der Deckung hervorzupreschen und sich in vollem Lauf in die Verfolgung zu stürzen, und dann würde die Treibjagd schon selbst anzeigen, wohin und wie das Manöver zu lenken war. Die Jungwölfe hielten vor Ungeduld die Schwänze krampfhaft angelegt und stellten die Ohren wie fliegende Vögel, auch der beherrschte Taschtschajnar war bereit, die Stoßzähne in das erjagte Opfer zu hauen, ihm kochte das Blut; Akbara jedoch hielt die Flammen in den Augen verborgen und gab noch kein Zeichen zum jähen Absprung, sie wartete auf den günstigsten Zeitpunkt, nur dann konnte man mit einem Erfolg rechnen – die Saiga erreicht im Handumdrehen ein Tempo, dem kein anderes Tier folgen kann. Den günstigsten Zeitpunkt musste man erwischen.

Und da, wahrlich wie Donner vom Himmel, erschienen jene Hubschrauber von Neuem. Dieses Mal kamen sie übermäßig schnell und niedrig über der Erde angeflogen und steuerten sofort bedrohlich gezielt über die aufgescheuchten Saigas, die daraufhin wild losgaloppierten, fort von dem ungeheuerlichen Unheil. Das geschah so jäh und betäubend schnell, dass viele hundert Antilopen verschreckt durchdrehten, ihre Leittiere und die Orientierung verloren und in heillose Panik gerieten, denn die harmlosen Tiere konnten der auf sie herabstürzenden Flugtechnik nichts, aber auch gar nichts entgegensetzen. Und ebendas kam den Hubschraubern gelegen, sie pressten die rennende Herde gegen die Erde, überholten sie zugleich, ließen sie mit einer anderen, ebenso zahlreichen Saigaherde, die sich in der Nähe befand, zusammenprallen und zogen immer neue, aufeinander zustürmende Herden in diesen Weltuntergang von Mujun-Kum, die Hubschrauber stürzten die panisch dahinrasende, desorganisierte Masse der Steppenantilopen in Verwirrung, was die Katastrophe noch mehr steigerte, die über die Paarhufer hereinbrach. Das hatte die Savanne noch niemals erlebt. Und nicht nur die Paarhufer, sondern auch die Wölfe, ihre unzertrennlichen Gefährten und ewigen Feinde, befanden sich in derselben Lage.

Als vor den Augen Akbaras und ihres Rudels dieser unheimliche Überfall der Hubschrauber geschah, verbargen sich die Wölfe zuerst und krümmten sich an den Wurzelstöcken des Tschij vor Schreck zusammen, aber dann hielten sie es nicht mehr aus und stürzten sich von der verfluchten Stätte davon. Die Wölfe mussten verschwinden und sich retten, so gut es ging, irgendwohin an einen sicheren Ort davonlaufen, aber genau das ließ sich nicht verwirklichen. Sie hatten noch kaum Abstand gewinnen können, als hinter ihnen die Erde erbebte und dröhnte wie bei einem Sturm – die unzählbare Masse der Saigas wurde aufgerollt und von Hubschraubern durch die Steppe gejagt, alle in gleicher Richtung, und sie legten sich ins Zeug, mit schrecklicher, immer noch zunehmender Geschwindigkeit. Die Wölfe konnten das weder abwenden noch sich im Lauf verkriechen, da sie einem lebenden, alles niederreißenden Strom, einer riesigen, daherrasenden Masse an Tieren im Weg standen. Und wären sie auch nur eine Sekunde lang stehen geblieben, die Hufe der Saigas hätten sie unweigerlich zerstampft und zerquetscht, dermaßen ungestüm war diese gedrängte tierische Naturgewalt, die jegliche Kontrolle über sich verloren hatte. Und nur weil die Wölfe ihre Geschwindigkeit nicht verringerten, sondern im Gegenteil, so weit die Kraft reichte, steigerten, blieben sie am Leben. Und jetzt waren sie schon selbst gefangen im Gewühl dieses großen Rennens, das Unwahrscheinliche und Undenkbare war geschehen – die Wölfe waren gemeinsam auf der Flucht mit ihren Opfern, die sie noch vor wenigen Minuten zerreißen und in Stücke zerfetzen wollten, jetzt retteten sie sich vor der gemeinsamen Gefahr, Seite an Seite mit den Saigas, jetzt waren sie, angesichts einer solchen erbarmungslosen Wendung des Schicksals, Gleiche geworden. Dass Wölfe und Saigas in einem Haufen rannten, das hatte die Savanne Mujun-Kum noch niemals gesehen, nicht einmal bei den großen Steppenbränden.

Einige Male versuchte Akbara aus dem Strom der Dahinrasenden herauszuspringen, doch dies stellte sich als unmöglich heraus, sie hätte riskiert, sogleich unter den Hunderten von Hufen der neben ihr ungestüm dahinjagenden Antilopen zerstampft zu werden. In diesem tollwütigen mörderischen Galopp hielten sich die Wölfe Akbaras noch dicht beisammen, und sie konnte sie auch noch im Augenwinkel sehen – da sind sie, mitten unter Antilopen, im gestreckten Lauf, so schnell sie nur können, ihrem ersten Sprössling quellen vor Angst die Augen hervor, dort Großschädel, hier Schnellfuß und, kaum mithaltend, immer schwächer werdend, aber noch mit ihnen zusammen, Nesthäkchen, und auch er, in panischem Galopp, der Schrecken von Mujun-Kum, ihr Taschtschajnar. Sollte es etwa der blauäugigen Wölfin davon geträumt haben, dass sie, statt der großen Jagd, gemeinsam in der Herde der Saigas rennen, ohnmächtig, ohne Ausweg und Rettung, von Antilopen fortgetragen wie Späne im Fluss ... Als Erstes verschwand Nesthäkchen. Sie fiel unter die Hufe der Herde, ihr Gewinsel wurde augenblicklich verschlungen vom Stampfen Tausender Hufe ...

Die Hubschraubertreibjäger, durch Funk miteinander verbunden, achteten darauf, die Antilopenbestände von zwei Enden so herzutreiben, dass diese nicht seitwärts auseinanderstieben konnten und sie daraufhin noch einmal durch die Savanne hinter den Herden herjagen mussten, sie steigerten die Angst und erhöhten das Tempo und zwangen die Antilopen, schneller und schneller zu rennen und zu rasen. In den Kopfhörern röchelten die erregten Stimmen der Treibjäger: »Nummer zwanzig, hör mal, Nummer zwanzig! Los, gib ihm Saures! Noch eins drauf!« Die Hubschrauberpiloten konnten von oben her sehr wohl sehen, was sich unten abspielte, wie sich über den weißen Neuschnee ein schwarzer Strom des Schreckens durch die Steppe wälzte. Und als Antwort war in den Kopfhörern eine muntere Stimme zu hören: »Wir legen noch einen Zahn zu. Ha, ha, ha, schau mal da, mittendrin rennen auch Wölfe. Mann o Mann, hats euch erwischt, Graubrüder! Seid bald kaputt und mausetot, Brüderchen! Hier läuft nichts mehr, von wegen uns austricksen!«

So jagten und trieben sie, bis die Saigas völlig zermürbt waren, genauso hatte man es ausgeheckt, und die Berechnung stimmte.

Und als die gejagten Antilopen in die große Ebene strömten, empfingen sie dort jene, denen seit dem Morgen die Hubschrauber so gründlich in die Hände gearbeitet hatten. Hier warteten die Jäger, genauer gesagt – die Erschießer. Auf Geländewagen – den »Uasiks« mit offenem Verdeck – trieben die Erschießer die Saigas weiter und knallten sie in voller Fahrt ab, mit Maschinenpistolen, aus unmittelbarer Nähe und ohne zu zielen, wie bei der Heumahd. Und hinter ihnen kamen Anhängerwagen – man warf die Leiber auf die Ladebühne, einen um den anderen, die Menschen fuhren eine Gratisernte heim. Robuste Typen besorgten zügig und bedenkenlos das neue Gewerbe, erstachen halb getötete Saigas, setzten den Verwundeten nach und erledigten auch sie; doch die Hauptaufgabe bestand darin, die blutbespritzten Kadaver an den Läufen hin und her zu schwingen und in einem Ruck über die Ladewand auf die Brücke zu schmeißen. Die Savanne zollte den Göttern ihren großen blutigen Tribut dafür, dass sie es gewagt hatte, Savanne zu bleiben – auf den Ladeflächen häuften sich die Kadaver der Saigas zu Bergen.

Und das blutige Schlachtfest ging weiter. In hemmungsloser Verfolgung stießen die Abschießer auf den Fahrzeugen in das Gewühl der nun eingeholten, schon entkräfteten Saigas vor, mähten die Tiere rechts und links nieder und trugen damit noch mehr Panik und Verzweiflung in die Herde hinein. Die Angst erreichte eine derart apokalyptische Spannung, dass es der Wölfin Akbara, von Schüssen taub geworden, schien, die ganze Welt würde taub und stumm und alles ringsum stürze in Chaos und Verderben, und sogar die Sonne hoch oben schien lautlos in Flammen zu stehen, als werde auch sie, zusammen mit ihnen, in dieser tollwütigen Treibjagd verfolgt und suche taumelnd ebenfalls Rettung, als zerfalle sie in viele flimmernde Splitter, ja auch die Hubschrauber schienen plötzlich zu verstummen, stellten ihr Krachen und Pfeifen ein und kreisten jetzt geräuschlos über der in den Abgrund versinkenden Steppe, wie gigantische, stumme Milane … Und die MP-Schützen des Erschießertrupps feuerten geräuschlos, in den »Uasiks« kniend, geräuschlos dahinjagend und über die Erde fliegend, lautlos sausten die Wagen, lautlos rasten irre gewordene und völlig abgehetzte Saigas, und lautlos wälzten sie sich, von Kugeln durchsiebt, schlagartig von Blut überströmt … Und in dieser apokalyptischen Lautlosigkeit erschien Akbara das Antlitz des Menschen. Es erschien so nah und so furchtbar und mit einer solchen Deutlichkeit, dass sie entsetzt die Fassung verlor und beinahe unter die Räder geriet. Ein Geländewagen jagte Seite an Seite mit ihr, dicht neben ihr. Und der Mensch saß vorn, bis zur Hüfte hinausgelehnt. Er trug eine Schutzbrille gegen den Wind vor die Augen gebunden, sein Gesicht war bläulich purpurfarben, von Wind und Bewegung entstellt, am schwarzen Mund hielt er ein Mikrofon und brüllte unsäglich und doch unhörbar über die ganze Steppe hin, während er von seinem Platz aufhüpfte. Das war wohl der Führer der Treibjagd; und hätte in jenem Augenblick die Wölfin die Geräusche und Stimmen hören und die menschliche Sprache verstehen können, dann hätte sie erfahren, was er über Funk hinausschrie: »Schießt an den Rändern! Tötet am Rand! Nicht in die Mitte knallen, die zerstampfen es! Zermanschen! Hols der Teufel!« Er befürchtete, die Kadaver der getöteten Saigas würden von den Hufen der hinterherrennenden Tiere zerstampft werden …

Und da merkte plötzlich der Mensch mit dem Mikrofon, wie neben ihm, beinahe Seite an Seite mit dem Auto, inmitten der flüchtenden Antilopen ein Wolf galoppierte und dahinter noch einige Wölfe. Er zuckte zusammen, brüllte unartikuliert heiser und hämisch auf, er warf das Mikrofon weg und holte von unten eine Flinte, legte sie über den Arm und lud durch. Akbara konnte nichts tun, als der Mensch mit dem gläsernen Augenschutz auf sie zielte, sie begriff das nicht, und hätte sie es auch verstanden, sie war in der Treibjagd gefangen und konnte nichts unternehmen, sie hätte durch keine Wendung ausweichen oder anhalten können, und er zielte, wollte sorgfältig zielen, und dies rettete Akbara. Unter ihren Läufen schlug es jäh ein, die

Wölfin überschlug sich und sprang sogleich wieder auf und weiter, um nicht zerstampft zu werden; und im folgenden Augenblick sah sie, wie ihr Großschädel, der stärkste ihrer Erstlinge, im Lauf angeschossen durch die Luft hochflog und heruntersank, blutüberströmt, langsam zur Seite rollend, lang gestreckt und die Pfoten seitwärts schlenkernd, vielleicht hat er noch einen Schrei des Schmerzes ausgestoßen, mag sein, es war das Klagegeheul vor dem Tod, sie hörte nichts, der Mensch mit dem gläsernen Augenschutz schwang triumphierend die Flinte über seinem Kopf, im nächsten Augenblick übersprang Akbara den leblosen Kadaver von Großschädel, und da drangen in ihr Bewusstsein von Neuem die Laute der realen Welt wie ein Schwall – die Stimmen und das Lärmen der Treibjagd, das pausenlose Krachen der Schüsse, wildes Hupen der Automobile, Schreie und Rufen von Menschen, das Röcheln von Antilopen im Todeskampf und über ihr das dumpfe Gedröhn der Hubschrauber …

Viele Saigas brachen vor Erschöpfung zusammen und blieben liegen, mit den Hufen schlagend, vor Atemnot und rasendem Herzklopfen schwer keuchend, sie hatten nicht mehr die Kraft, sich zu rühren. Die Kadaversammler schlachteten sie an Ort und Stelle ab, mit voller Wucht das Messer durch die Kehle, zerrten sie an den Läufen und schmissen sogleich die krampfhaft zuckenden, halb lebenden Körper auf die Ladeflächen der Lastwagen. Schrecklich waren diese Menschen anzusehen, von Kopf bis Fuß blutgetränkt …

Hätte in den Höhen des Himmels ein Auge über diese Welt gewacht, würde es wohl gesehen haben, wie dies alles geschah und welche Wendung es für die Savanne Mujun-

Kum nahm, doch auch es hätte wohl kaum voraussehen können, was dem noch folgte und ausgeheckt wurde …

Die Treibjagd in der Mujun-Kum wurde erst gegen Abend abgebrochen, da alle – Verfolgte und Verfolgende – entkräftet waren und die Dämmerung über der Steppe heraufzog. Am anderen Morgen sollten die Hubschrauber vom Wartungsstützpunkt zurückkehren und die Treibjagd von Neuem beginnen, diese Arbeit würde wohl noch an die drei Tage dauern, vielleicht auch vier, wenn man bedachte, dass im sandigen Westteil der Mujun-Kum-Steppen nach ersten Meldungen der Hubschrauberaufklärung angeblich noch viele nicht aufgescheuchte Saigaherden vorhanden waren, unerschlossene Reserven des Gebiets, wie man es offiziell bezeichnete. Und falls unerschlossene Reserven existierten, ergab sich mit zwingender Notwendigkeit die Aufgabe, die genannten Reserven möglichst rasch zu erschließen und im Interesse des Gebiets in die Planung mit einzubeziehen. Ebendas war die offizielle Begründung des »Unternehmens« Mujun-Kum. Bekanntlich stehen aber hinter jederlei offiziellen Verlautbarungen immer diese oder jene Lebensumstände, die den Gang der Geschichte bestimmen. Und die Umstände der Geschichte sind letztlich die Menschen mit ihren Antrieben und Leidenschaften, Lastern und Tugenden, mit den unvorhersehbaren Windungen und Widersprüchen ihres Geistes. So gesehen war die Tragödie der Mujun-Kum auch keine Ausnahme. In der Savanne waren in jener Nacht Menschen bewusste oder unbewusste Vollstrecker dieser Gräueltat.

Und die Wölfin Akbara und ihr Wolf Taschtschajnar, vom ganzen Rudel als Einzige am Leben geblieben, trabten in der Finsternis durch die Steppe weiter und versuchten, sich möglichst von den Stätten der Treibjagd zu entfernen. Aber sie konnten sich nur mühselig bewegen, das ganze Fell war am unteren Teil des Bauches, am Damm und fast bis zum Kreuzbein während des Tages in Dreck und Matsch völlig durchnässt worden. Die zerschundenen, mit Wunden bedeckten Läufe schmerzten dumpf und brannten heftig, jede Berührung mit dem Boden fügte den Tieren Schmerz und Leiden zu. Und vor allem hatten sie den Wunsch, zu ihrer gewohnten Höhle zurückzukehren und zu vergessen, was über ihr verwegenes Wolfshaupt hereingebrochen war.

Doch auch da ging es schief. Als sie der Höhle näher kamen, stießen sie unerwartet auf Menschen. Am Rand der vertrauten Niederung, eingezwängt in einen kleinen Tamariskenhain, der niedriger war als die Räder, stand ein Koloss von Lastwagen. In der Dunkelheit waren neben dem Laster menschliche Stimmen zu hören. Die Wölfe blieben kurz stehen und kehrten sodann schweigend in die offene Steppe zurück. Aus irgendeinem Grund glühten zu diesem Zeitpunkt, die Dunkelheit zerschneidend, die Scheinwerfer voll auf, zwar in die den Tieren entgegengesetzte Richtung, aber schon das genügte. Die Wölfe jagten los, so gut sie konnten, hinkend und hüpfend, rissen aus, ganz gleich wohin. Besonders Akbara lahmte an den Vorderpfoten … Um die durch Überanstrengung beschädigten Läufe abzukühlen, musste sie sich Schneestellen aussuchen, die seit dem frühen Morgen übrig geblieben waren. Traurig und bitter zogen sich die zerknitterten Blumen ihrer Spuren dahin. Die Wolfsjungen waren umgekommen. Hinter ihr blieb die nunmehr unzugängliche Höhle zurück. Dort waren jetzt Menschen …

Dschaa-Bars, der Schneeleopard

Die Stunde der Jagd bricht für Dschaa-Bars zumeist um Mittag an. Zu der Zeit machen sich die Pflanzenfresser, die Grauziege und der Steinbock – Etschki und Archar –, von überall her auf den Weg zu den Bächen und Flüssen im Gebirge, um ihren Durst zu stillen, was mitunter über die Nacht bis zum nächsten Tag dauert. Zur Tränke ziehen sie alle wohl geordnet. Mit flinkem, federndem Tritt scheinen sie den Boden der Pfade kaum zu berühren, bewegen sich wie hüpfende Ketten in kleinen Gruppen, scharf um sich spähend und mit feinem Gehör für alles ringsum, um bei Gefahr wie eine Sprungfeder augenblicklich über den Erdboden davonzuschnellen.

Großartig ist aber auch die Jagdkunst, die Dschaa-Bars beherrscht. Er erwartet seine Beute, geschickt getarnt und verborgen hinter einem Felsen, von wo er in zwei Takten den Überraschungssprung von oben herab vollzieht – seine Meisterleistung. Oder aber er stürzt sich seitwärts aus einem Busch jählings auf das Opfer, reißt es nieder, beißt im gleichen Augenblick die Kehle durch, beginnt noch im heiß strömenden Blut seine Happen zu verschlingen und vollendet das, wozu er bestimmt ist …

Am besten jagt es sich, wenn die Herde gehörig Wasser getrunken hat. Dazu muss sich Dschaa-Bars in der Nähe der Tränke in den Hinterhalt legen und jedes Geräusch vermeiden, geduldig ausharren und sich beherrschen. Die Beute ist so nah – nur einen Sprung entfernt, aber er muss sich zügeln und warten, bis Böcke und Grauziegen sich vollsaugen, alle Kraft verwendet er darauf, ruhig zu bleiben, bis Etschki fertig ist. Immer wieder hebt sie ihren zarten, feinen Schädel, spitzt dabei die Ohren und strahlt aus schimmernden Augen, schluckt und schluckt in unhörbaren Zügen, während die Vorderläufe bis über die Knöchel im Wasser stehen. Und je mehr Wasser Etschki in sich hineinzieht, desto größer wird seine Aussicht auf Erfolg. Denn oft genug misslingt es Dschaa-Bars, sich Etschki und Archar an die Fersen zu heften. Wenn er ihnen direkt nachsetzt, sind sie so schnellfüßig, ja geschwind wie der Schall, dass er sie nicht einholen kann und sie sich vor ihm retten. Sie brüllen und winseln nicht, beschmutzen sich auch nicht aus Angst beim Davonrennen wie manche Geschöpfe, die Wildschweine etwa, die sich bei Dürre hier ins Gebüsch verirren. Aber wenn Etschki und Archar sich satt getrunken haben, verlieren sie an Behändigkeit, und da muss man, setzen sie sich von der Tränke in Bewegung, sofort zupacken.

Auch dieses Mal zieht es Dschaa-Bars gegen Mittag zur Jagd in die Nähe einer Tränke. Er trottet gemächlich durchs Dickicht, entlang dem vertraut lärmenden Fluss, und sieht sich dabei um, kann doch einer seiner gefleckten Mitbrüder urplötzlich von hinten her auftauchen. Es kam ja vor, dass ein anderer Schneeleopard auf der Jagd war oder gar ein ganzes Rudel. Auf diese zusätzlichen Mühen und das gegenseitige bedrohliche Anfauchen verzichtet Dschaa-Bars gern! Lieber ist er allein … Und so zieht er weiter.

An diesem frühherbstlichen Tag strahlt der Tienschan,

das Himmelsgebirge, in all seiner Fülle. Die Schneestürme werden erst später hereinbrechen, noch sind die Pässe seit dem Sommer frei zum Herumstreunen. Das Wild genießt die hohe Zeit des Äsens und hat bereits eine verlockende Körperfülle angesetzt, auch die Vögel lärmen, trällern und zwitschern noch ganz ausgelassen, die Nestkleinen sind schon recht kräftig. Die Vogelbrut kann ja nicht bis zum Winter bleiben, den sie hier nicht aushält, eines Tages wird alles, was Flügel hat, bis zum nächsten Sommer verschwinden.

Dschaa-Bars hält Ausschau nach Beute und späht nach einem Platz für die Jagd. Ziehen da nicht durstige Grauziegen zum Wasser? Jetzt ist es Zeit, sich zwischen Büschen und Felsen niederzukauern, wo sie den Gesprenkelten nicht bemerken können. Von hohem Wuchs ist Dschaa-Bars, elastisch, lang und stark, sein Nacken makellos und geschmeidig, sein Hals mächtig und rund, der Schädel groß und wuchtig, mit katzenhaften Ohren, und seine durchdringenden Augen leuchten und strahlen im Schatten. Die der Umgebung so gut angepassten, markant farbigen Flecken auf dichtem, wollig seidenem Fell besingt man seit alters in Liedern über Schamanen und Hakane, die sein Fell auf ihrem Körper tragen … Weiß er denn von seinem afrikanischen Bruder, der einen gleichermaßen langen und stattlichen Schweif trägt, aber wie eine Katze von Baum zu Baum springen muss, um sich von oben herab auf die Beute zu stürzen, während ihm, dem Schneeleoparden, gegönnt ist, stolz dahinzuschreiten, über Felsen und durch Schluchten zu klettern? Denn hier, in vier- bis fünftausend Metern Höhe, gibt es keine mächtigen Stämme und Baumkronen wie in Afrika, in seinem Reich liegt der Wald weit drunten im Tal, wo sich im Geäst der Bäume die Luchse tummeln. Wenn sich ein Bars wie er in die waldigen Gefilde verläuft, fauchen ihn die Luchse an und zischen, als wollten sie den entfernten Verwandten nicht anerkennen. Für die Schneeleoparden gibt es eine eigene Welt hoch oben – die großen Berge gleich unterm Himmel. Hier sind ihre Jagdgründe im Wettlauf mit Archar und Etschki, den Bergziegen und Steinböcken.

Dschaa-Bars platziert sich geschickt zwischen Steinbrocken im Gebüsch am Ufer des kleinen Flusses. Gut verborgen, spreizt er seine scharfen Krallen. Die Etschki werden bald eintreffen und sich am Wasser volltrinken, an die sieben sind es, die in einer Kette am Berghang stolz daherstelzen und zugleich ängstlich die Ohren spitzen. Aus seiner Felsspalte hat er sie schon lange erspäht. Und erstarrt jetzt voller Erwartung.

Die Sonne strahlt von hoch oben am klaren Himmel, nur vereinzelte Wolken berühren im Vorüberziehen die Gletschergipfel. Wetter und Sonne könnten nicht besser passen zu dem, was dieses einzigartige Raubtier vorhat. Innerlich und äußerlich bereitet es sich vor auf den Sprung. Der entscheidende Moment der Jagd rückt näher. Nur eins beunruhigt Dschaa-Bars – wie er da zwischen den Felsbrocken liegt und aufmerksam alles beobachtet, hört er plötzlich sich selbst, als würde er tief Atem holen. So etwas geschieht natürlich in vollem Lauf und bei jähen Sätzen und Sprüngen, auch dann, wenn in erbitterten Raufereien ums Weibchen geröchelt, gebrüllt und wütend gekeucht wird, wenn die Fetzen fliegen und man bereit ist, allen Tieren ringsum an die Kehle zu gehen. Aber in dieser reglosen Stellung, wo er mit dem Ort des Hinterhalts völlig verschmilzt und nur noch gespannte Aufmerksamkeit ist – da darf er doch nicht so schnaufen … Er hört jetzt deutlich sein Einatmen und Ausatmen. Das widerfährt ihm zum ersten Mal. Auch das Herz schlägt heute stärker als sonst und hallt nach in den Ohren.

Im Leben des Dschaa-Bars hat sich in der letzten Zeit einiges verändert. Schon seit dem vergangenen Winter ist er ein Einzelgänger, ein grimmiger Paria, den das Rudel verstoßen hat. So kommt es, wenn das Alter, zunächst unmerklich, über einen hereinbricht. Plötzlich brauchte ihn niemand mehr. Ein jüngerer Bars hatte sich seiner Barsin genähert und sie umworben. Die Rauferei war furchtbar. Er konnte ihn nicht besiegen. Ein zweites Mal gingen sie aufeinander los, verbissen sich ineinander, es ging um Leben und Tod, aber es misslang ihm erneut, den eingedrungenen Rivalen ein für alle Mal zu verjagen. Das Krummohr war äußerst bösartig – man hatte dem wohl bei früheren Balgereien das eine Ohr zerfetzt –, ein zähes, hartnäckiges Raubtier, das der Barsin zu Leibe rückte, sich zu ihr legte und sich an ihr rieb, scharwenzelte und drohte. All das trieb der Eindringling schamlos vor Dschaa-Bars' Blicken. So kam es, dass die Barsin, mit der Dschaa-Bars nach seiner ersten Leopardin, die beim Erdbeben im Gebirge ums Leben gekommen war, lange zusammengelebt hatte, mit der er zweimal Nachkommen bekommen hatte, dass sie mit dem Rivalen, dem Krummohr, fortging. Sie stellte sich dabei zur Schau, schlenkerte mit dem Schweif mal nach links, mal nach rechts, richtete ihn hoch und krümmte ihn zu einem Bogen, rieb und rüttelte Seiten und Schultern mit dem anderen, ihrem neuen Partner. Sie lief einfach davon. Ungerührt. So mir nichts, dir nichts …

Dschaa-Bars setzte nach, holte sie ein, was nicht schwer war. Die beiden zogen hintereinander her durch die Talsenke, wo es wie zuvor zu einer wilden Balgerei kam. Bei diesem erneuten Versuch, seinen Platz als Stammvater und Erzeuger im Rudel zu erhalten, ereilte Dschaa-Bars die endgültige Katastrophe. Denn dieses Mal stürzte sich die Barsin an der Seite ihres neuen Gefährten auf Dschaa-Bars, biss ihn und zerrte an seinem Fell, was seine Niederlage besiegelte. Aber noch in dieser Lage riskierte er es, als er wieder etwas zu sich gekommen war, ins benachbarte Rudel einzudringen und sich ein jüngeres Weibchen zu schnappen. Das Geraufe war erbarmungslos, gleich drei Männchen fielen über ihn her, und so wurde wieder nichts daraus. Das Rudel mit dem Muttertier und den jungen Anwärtern rannte davon in die nächstbeste Bergschlucht, während er verlassen und verstoßen zurückblieb, abgeschnitten von seiner Bestimmung – denn im Kampf um den Erhalt des Geschlechts steht die Natur stets auf der Seite der frischen, jungen Kräfte.

Dschaa-Bars schweifte danach eine Zeit lang durch die Umgebung, mal erstarrte er mitten im Lauf, mal rannte er ziellos dahin oder legte sich auf den Boden, um sich darauf wieder zu erheben und verzweifelt die Berge anzubrüllen. Wenn er es doch nur gekonnt hätte – er wollte heulen wie der Wolf. Erschüttert und verwirrt wusste er nicht mehr aus und ein, verlor sogar die Jagdlust, die Beute reizte ihn nicht mehr. Die Herde konnte gemächlich in einer Linie an ihm vorüberziehen, als wüssten die Steinböcke, dass er, der erfahrene Dschaa-Bars, der ja noch lange nicht alt, sondern ein durchaus kräftiger und erfolgreicher Jäger war, jegliche Lust verloren hatte.

Zu jener Zeit, als sich sein Wesen schon veränderte, trieb ein Erlebnis sein Leid auf die Spitze. Er stand am Kamm einer Felserhebung, lehnte sich an den Stamm eines knorrigen Wacholderbaums, blickte ziellos um sich her und erspähte unerwartet, wie unten in der Talsenke ein Paar junger Schneeleoparden gemeinsam dahingaloppierte. Sie hatten einander erstmals gefunden, Männchen und Weibchen, übervoll an Kraft und Leidenschaft, sie rannten tänzelnd und beleckten sich spielerisch und kochenden Blutes, bis sie sich schließlich, wie aufgelöst, vereinigten und ineinanderflogen … Sogar auf solche Entfernung war zu sehen, wie die Augen fordernd loderten.

Unwillkürlich legte sich Dschaa-Bars hin und rutschte auf dem Bauch über den Boden, er stöhnte, als wollte er vor sich selbst wegkriechen, aber wohin nur? Einstmals war auch ihm ein solcher Triumph beschieden gewesen – die vollzogene Paarung mit seiner Barsin, die damals so süß winselte, biegsam wie eine Schlange war sie ihm unter die Läufe gefallen … Oh, solches hatte er auch mit dem blutjungen, jungfräulichen Weibchen erlebt, das er sich im Nachbarrudel geholt hatte. Zu zweit waren sie damals im Paarungsgalopp den Blicken ihrer Barsgefährten davongeeilt, um sich nicht vor den Brüdern und Schwestern wie Hunde verklammert zum Geschlechtsakt zu vereinen, den die Natur nur dem Paar selbst vorbestimmt – ihr und ihm allein, in völliger Abgeschiedenheit von anderen …

Genau so hatten sie damals vor Sehnsucht nach Begattung gebrannt, das Fleisch loderte, und sie erwarteten die magische Vereinigung. Der Himmel über ihnen brannte mit und bebte und wogte mit aufblitzenden Gipfeln, o ja, die ganze Welt ringsum klirrte und leuchtete … Er und sie, das neue Paar, waren seinerzeit genauso Seite an Seite dahingejagt, hatten sich gegenseitig mit berauschender Energie aufgeladen wie die beiden da unten, an solch einem Tag im Frühherbst, damit im folgenden Frühling das Geschlecht der Schneeleoparden im Gebirge neuen Zuwachs und Fortbestand erhalte.

Eng aneinandergepresst wie ein Wesen mit doppeltem Rumpf preschten sie dahin, gleich einem großen Fischpaar schnellte ihr Schweif pfeilschnell im Wind. Um eine knappe Schädellänge sie leicht vor ihm, wie sich das ziemt fürs Weibchen, sie hat den Vorrang vor ihm, der um einen halben Kopf zurückbleibt, ja, nicht mehr und nicht weniger, ist er doch trunken vom Aroma ihres Körpers, schlürft sich satt an den Gerüchen ihres heißen Atems und hört beim Rennen das Schlagen ihres Herzens, und in diesem Augenblick durchrieselt und überkommt Dschaa-Bars ein Geheimnis. Er vernimmt im vollen Lauf bis dahin nie gehörte Klänge, lang gezogene und dröhnende Schreie, ein vielfaches Echo im Wind und gar in den Strahlen des Lichts, all das schwillt an, fließt vorüber und lärmt über dem Schädel, schwebt in federnden Luftströmen und im Glanz der aufblitzenden Sonne hoch oben, erschallt in den wogenden Bergen und Wäldern ringsum. Oh, wenn es ihm, dem Schneeleoparden, nur vergönnt wäre zu wissen und zu fassen, was er da erlebt, die Musik des pulsierenden Universums, die grandiose Ouvertüre vor dem Akt der Paarung …

Aber es zeigte sich wie so oft nur ein wonnevolles Trugbild, was folgte, war grausame Wirklichkeit. Die Fata Morgana verging, Tage und Jahreszeiten lösten sich ab und kehrten wieder …

Die Launen des Schicksals sind nicht vorhersehbar, und

niemand kann es ändern. An dem Tag, da seine Barsin sich vor aller Augen mit dem Krummohr davonmachte, sich dem Sieger hingab, nachdem die beiden Männchen sich einen ganzen Tag lang zerfetzt hatten, da wurde Dschaa-Bars zum einsamen Streuner, zum Paria und tauchte unter. Er lungerte herum und suchte den Ingrimm übers Geschehene zu dämpfen, aber die Wut hielt an, und so zog er ziellos umher, verzichtete darauf zu jagen, und zu all dem widerfuhr ihm noch diese letzte Demütigung. War es ein Zufall? Ausgerechnet in der völlig abgelegenen Talsenke seines Gebirges, wohin er sich jetzt zurückzieht, stößt er unmittelbar auf die beiden, die Barsin und das Krummohr, den siegreichen Rivalen. Genau in dem Moment, wo sie wie ein Hundepaar verklammert kopulieren, dem Höhepunkt nahe, Hintern an Hintern, wie aneinandergeklebt, reglos und still vor sich hin winseln. Als sie Dschaa-Bars erblicken, erstarren sie. Alles vollzieht sich in Sekundenschnelle. Dschaa-Bars brüllt in dumpfer Wut, nähert sich den beiden, senkt den Schädel und schickt sich an zum Sprung. Er will sich endlich rächen, in zwei Sätzen die beiden wie siamesische Zwillinge aneinander Gefesselten ein für alle Mal erledigen, ihr und ihm die Kehle zerfetzen. Nur noch einen Schritt … Aber im letzten Bruchteil einer Sekunde erstirbt er plötzlich, bleibt unbeweglich stehen, ohne den schrecklichen blutrünstigen Blick abzuwenden, den er auf das verhasste, ineinandersteckende Paar richtet; da ist eine Kraft, die ihn bändigt. Als gäbe ihm eine innere Stimme zu verstehen, ja befehle ihm ein anderer Wille, das zur Befruchtung vereinigte Paar nicht anzurühren und zu vernichten – er macht kehrt, stolpert und zieht ab, während er brüllt und stöhnt, heult und schluchzt …

Die Tage vergingen. Dschaa-Bars entfernte sich immer mehr von seinen angestammten Leopardenrudeln und verwandelte sich vollends in einen Einzelgänger, den erbarmungslosen und grimmigen Raubtier-Eremiten, der aus beliebigem Anlass bereit war, bis aufs Blut zu kämpfen. Er hauste in Höhlen, streifte in hohen Schneelagen und jagte die Tiere, die ihm entkommen wollten. Nicht selten erlegte er mehr Beute, als er brauchte. Dann machten sich all diese kleinen Parasiten über den Rest her – Schakale, Füchse und Dachse fraßen sich am Kadaver fest, und die widerwärtige Brut der Aasgeier stürzte vom Himmel, kreischte heiser und unzufrieden und schlug mit Flügeln und Krallen um sich. Auf all das Gezerre und Gezeter blickte Dschaa-Bars verachtungsvoll herab, manchmal stürzte er auf die Meute, um sie zu verjagen, brüllte, fauchte und knurrte sie an, als seien sie an etwas schuld. So ließ er an ihnen seine Wut aus, den Schmerz und die Sehnsucht nach dem, was einmal war.

Die Berge leuchteten wie immer von den Gipfeln her, schienen in ewigem Schnee und Eis erstarrt. Winter und Sommer lösten sich ab mit ihren gewohnten Wettern. Selbst die Einsamkeit des gefleckten Tigerzaren im Hochgebirge schien unveränderlich. Doch die Zeit hielt nicht an, unmerklich holten die Tage den äußerlich unveränderten Dschaa-Bars ein. Er begann in sich die Atemnot zu spüren … Anfänglich litt er nur von Fall zu Fall, hauptsächlich bei jähen, heftigen Bewegungen, aber dass ein dumpfer Schmerz auf die Brust drückte, wenn er in ruhiger Lage atmete, das hatte es noch nicht gegeben.

Während er die Bergziege an der Wassertränke abwartet, fühlt er erstmals, wie ihn der Atem noch vor Beginn der Jagd im Stich lässt.

Wie immer lauert er im Hinterhalt, bis Etschki und Archar sich vollgetrunken haben, und genau dann muss er angreifen. So ist zumindest der Plan. Es kommt nämlich auch vor, dass die Böcke den Hinterhalt wittern und blitzschnell abdrehen und verschwinden. Dann müsste er ihnen nachjagen – mit ungewissem Ausgang.

Dieses Mal kann sich Dschaa-Bars nicht beim Schicksal beklagen. Es ist eine ganze Herde dieser kühn gehörnten Steinböcke, wahre Springer und Felsenflitzer, die sich von Kräutern und Beeren in den unerreichbaren Höhen des Gebirges ernähren. Das reißende Raubtier, Dschaa-Bars, erwartet sie in seinem Versteck. Aus der Ferne bemerken sie ihn nicht, in der Nähe wittern sie nichts und begeben sich jetzt seelenruhig zur Tränke, wo sie sich am Ufer in einer Reihe aufstellen.

Dschaa-Bars bleibt regungslos, sein rechtes Auge folgt ihnen unverwandt – alles geht den gewohnten Gang: Die Tiere trinken ihr Wasser mit Genuss, sie halten inne und schlürfen weiter, er muss nur noch genau abpassen, wann sie fertig sind. Nur eines ist anders geworden: Dschaa-Bars schnauft, aus seiner Brust pfeift es dumpf. Noch wundert er sich nur über das Pfeifen, noch beunruhigt es ihn nicht.

Doch dann stört die Atemnot wirklich: Als er in zwei blitzartigen Sätzen das am Rand stehende Leittier des Rudels, einen großen gehörnten Steinbock, anspringt und mit einem schrecklichen Prankenschlag übers Rückgrat niederreißen will, sieht Dschaa-Bars schon im Anflug, wie die Herde erbebt, die Schädel jählings hochreißt. Er muss nur noch mit seiner Pranke und den ausgestreckten Krallen vernichtend zuschlagen, ja er fliegt schon ganz nah ans Ziel heran, doch er landet auf der Erde, dicht neben dem Archar. Der war kurz zuvor zur Seite gesprungen. Das hätte nicht sein dürfen. Noch ist nichts verloren … In wilder Wut stürzt sich Dschaa-Bars nochmals auf den Steinbock, aber der hat schon kehrtgemacht und ist dem schrecklichen Raubtier entkommen, die Herde hinter ihm drein.

Dschaa-Bars ist hinter der Herde her und will den erstbesten Archar niederreißen, er holt alles aus sich heraus, fast ist es so weit, nur noch ein wenig, aber wieder umsonst. Er war doch so nah und hat keinen erlegt. So nahe war der Triumph … Die Steinböcke entfernen sich mehr und mehr. Er keucht schwer und erstickt beinahe, dann rafft er sich nochmals auf und setzt der Herde nach, aber zu spät …

Solch ein Fehlschlag ist Dschaa-Bars noch nie widerfahren. Am schwersten trifft ihn, dass der Anführer der davonrennenden Herde, der schroff gehörnte Steinbock, auf den er einem Pfeil gleich zugeschossen war, im Lauf sich umdrehte, ihm, dem Großräuber, mit dem Geweih drohte, es herausfordernd schüttelte, mit den Hufen auf die Erde stampfte und dann weiterrannte. Das konnte nur heißen: Dschaa-Bars hat ausgedient, die Zeit der Erfolge ist vorbei. Von nun an muss er betteln gehen und die Beutereste anderer abnagen.

Natürlich hatte Dschaa-Bars schon früher kleine Schlappen beim Jagen eingesteckt, aber solch eine Niederlage noch nie.

Er konnte sich nicht mehr beruhigen, verstört blickte er um sich, versuchte wieder zu Atem zu kommen und trottete ziellos von dannen.

Um ihn war nur noch Leere. Wie gerne hätte Dschaa-Bars zum Abschied die Zauberklänge der Sonne und der Berge gehört, die Wasserfälle und Wälder wie damals bei seinem Paarungslauf – die Musik des pulsierenden Universums. Er wollte mit fordernder Stimme das Verlangen aus sich herausbrüllen, aber alles blieb still. Die Welt schwieg.

Der einsame keuchende ehemalige Zar des Hochgebirges, Dschaa-Bars, entschwand über die Berge und wusste nicht, wohin. Er musste einen Unterschlupf finden, eine Höhle für seine letzte Zeit der Einsamkeit, und das Lebensende abwarten – die allerletzten Tage eines langsamen unabwendbaren Todes.

Das Raubtier konnte nicht vorhersehen, dass ein Mensch die letzten Tage mit ihm und seinem Schicksal teilen würde. Diese Wesen kannte es nur aus weitester Ferne, vom Echo jener seltenen Klangsalven, den Gewehrschüssen im Gebirge. Unwillkürlich war das Tier jeweils zusammengezuckt und erstarrt, lief dann ohne Richtung und Ziel möglichst weit weg. Noch nie aber hatte es den Menschen aus der Nähe gesehen.

Aber diese Begegnung war ihm bestimmt. Wieder nach des Schicksals Fügung …

Die Klage des Zugvogels

Jagdhunde freuen sich, wenn eine Reiterschar den Ail verlässt. Im Trubel des Aufbruchs gesellen sie sich hinzu, dann treibt keiner sie mehr zurück, da hilft kein Befehl, kein Drohen – sie folgen dichtauf, traben störrisch nebenher. Sonderbare Geschöpfe sind das – ständig zieht es sie hinaus aufs Feld, ins Freie, und je größer der Lärm, je dichter das Menschengetümmel, desto besser! Schließlich sind es Jagdhunde.

Eleman musste seinem Hund bis zum See nachlaufen. Während er dem Bruder Turman half, mit dem Lasso einen Jungbullen einzufangen, den dieser im Zug der Frauen und alten Männer zur Beerdigung mitführen wollte, um ihn für das Totenmahl zu schlachten, hatte sich der Jagdhund Utschar bereits der Menge angeschlossen, als gehörte er dazu: Er stöberte herum, schnupperte, sprang durch Gestrüpp und bellte ungeduldig, damit die Menschen sich schneller bewegten. Eleman konnte ihn rufen und locken, so viel er wollte – es war vergebens. Wie sollte der Hund auch begreifen, dass dies keine Jagdgesellschaft war, sondern ein Trauerzug auf dem bedrückenden Weg in einen anderen Ail, wo unerwartet die Schwester von Almasch, ein siebzehnjähriges Mädchen, gestorben war, und dass sich unter denen, die da auf Stuten und Ochsen saßen, kein einziger junger Dshigit auf nur halbwegs feurigem Ross befand!

Woher sollte er wissen, dass alle Kirgisen aus der Umgebung des Issyk-Kul, die eine Waffe tragen konnten, an diesem Tag mit ihren besten Pferden weit hinter den Bergen, einen Dreitagesritt entfernt im Tal des Taltschu, bereitstanden, um den anrückenden Horden der Dsungaren eine Schlacht zu liefern. Den fünften Tag schon waren sie fort, aber noch immer hatte der Ail keine Kunde vom Taltschu. Dummer, dummer Hund – wem hätte in solch einem Augenblick, da ungewiss war, wie sich das Schicksal eines ganzen Volkes entscheiden würde, der Sinn nach der Jagd gestanden?

Doch warum soll einen Hund menschliches Leid anrühren, was kümmern ihn Krieg, Trennung, Tod, Sorgen und überhaupt der Lebensinhalt der Menschen – ausgenommen die Jagd, sei es auf Füchse oder Hasen, bei der die Menschen auf ihren Pferden zu ebenso grimmigen, unermüdlichen Verfolgern werden wie Hunde.

Utschar winselte vor Ungeduld, bald lief er voraus, kläffte und flehte die Leute mit seiner ganzen Erscheinung, mit Blicken und Sprüngen an, sich doch zu beeilen, seinem Beispiel zu folgen, bald umkreiste er die Menge, jedenfalls ließ er sich von Eleman nicht einfangen. Ach, wie sehnlich wünschte sich der schwarze Jagdhund, dass die Rosse ihm nachsprengten, dass die Menschen, in den Steigbügeln aufgerichtet, sie mit gellenden Rufen anfeuerten, dass alle zu einem sprudelnden Strom verschmolzen im Wettlauf, im Stimmengewirr, im schneidenden, pfeifenden Gegenwind. Er rief sie und rief …

Aber nein! Diese Menschen, die alten Männer und Frauen, die da aus verwandtschaftlichem Pflichtgefühl schweigsam und niedergedrückt Sengirbais untröstliche Schwiegertochter umgaben, nahmen ihn gar nicht wahr, den schwarzen Jagdhund Utschar. Anderes bewegte sie. In dieser unruhigen, gefährlichen Zeit begaben sie sich nur schweren Herzens zur Beerdigung, und weniger Almaschs wegen – wer war sie schon, diese Kelin, dieses Mädchen, das erst vor einem halben Jahr von Sengirbais Familie aufgenommen worden war – als vielmehr aus Achtung vor ihrem Mann, Koitschuman, der jetzt am Taltschu kämpfte, vor allem aber aus Achtung vor Sengirbai, dem großen Jurtenbaumeister, dem Stolz der kleinen und armen Sippe der Boso. Den dritten Tag schon lag der alte Sengirbai, von einem Anfall niedergeworfen, in seiner Zimmermannsjurte. Seit Langem klagte er über sein Herz. Dennoch: Als von den Schwägern die Kunde kam, dass die jüngere Schwester seiner Schwiegertochter, die siebzehnjährige Uulkan, plötzlich tot zusammengebrochen sei, da wollte der Jurtenbaumeister Sengirbai, wie es die Pflicht und der Brauch unter Schwägern gebieten, sogleich zum Begräbnis aufbrechen. Schon hatte er den Pelz übergezogen, schon stand sein Pferd gesattelt vor der Jurte, und die halbwüchsigen Söhne Turman und Eleman fassten ihn unter den Armen, um ihn in den Sattel zu heben – da griff er sich ans Herz und bekam den Fuß nicht mehr in den Steigbügel. Aufstöhnend klammerte er sich an die Mähne des Pferdes, taumelte, und nur mit letzter Kraft hielt er sich auf den Beinen.

Nun nahm, wie sie es des Öfteren auch früher schon getan hatte, Kertolgo-saiip alles in ihre Hände. Sie verstand es, entschlossen zu handeln, wenn es erforderlich war. Zusammen mit den Söhnen trug sie Sengirbai in seine Zimmermannsjurte, entkleidete ihn und bettete ihn behände auf sein Lager. Dann sagte sie: »Usta, Gott wird dir verzeihen, dir fehlt doch die Kraft, zu den Schwägern zur Beerdigung zu reiten. Überlass das mir. Nach dir bin ich der Aksakal dieser Familie, so wie es mir auch zukommt, die Altmutter unserer Boso-Sippe zu sein. Es wird die Schwäger schon nicht kränken, wenn ich unsere Leute zur Totenklage führe. Wer denkt jetzt auch an Kränkungen, wo Gott allein weiß, was am Taltschu geschieht, wie es dort unseren Söhnen ergeht – ob sie siegen oder sterben. Du siehst es ja selbst: Solange jede Kunde fehlt, schweben alle in tausend Ängsten. Bete du um deine Genesung, denk an jene, die dort auf dem Schlachtfeld sind! Schone dich, du zählst als großer Mann in unserer Sippe, für mich aber bist du, Vater meiner Kinder, der Allergrößte. Erlaube mir, diese bittere Pflicht zu erfüllen. Rühr dich nicht vom Lager. Eleman bleibt bei dir, wir anderen brechen auf.«

So lauteten ihre Worte, und es erwiderte der Jurtenbaumeister, in die Kissen gesunken, bleich, kalten Schweiß auf der Stirn, mit matter Stimme: »Recht hast du, Frau. Da ich es nicht kann, reite du. Versammle alle aus unserer Sippe, damit Almasch nicht allein vor die Ihren treten muss. Beginnt schon von fern zu wehklagen, damit im weiten Umkreis zu hören ist, dass unsere gesamte Sippe trauert, wehklagt so laut, dass ihr mit euern Stimmen auch die Abwesenden ersetzt – ihren Schwiegersohn Koitschuman und mich, ihren kranken Schwager. Wissen soll sie: Mag der Krieg auch noch so nahe sein, unsere Toten werden wir bestatten und beweinen, solange wir Menschen sind.«

So brachen sie denn zum Begräbnis auf: die Mütter mit ihren Kindern, die alten Männer und Frauen aus der kleinen Sippe der Boso. Sie brachen auf, bangend um den Ausgang der Schlacht mit den Dsungaren, und keinen gab es in jenen Tagen, der nicht laut oder stumm gedacht hätte: Wie mag es dort stehen, im Tal des Taltschu? Warum kommt keine Kunde? Warum nur wissen wir nichts? Sie brachen lediglich auf, um dem Brauch Genüge zu tun und die Ehre der Sippe zu wahren. Sie verließen ihren Ail finster, in tiefer Sorge.

Eleman kostete es viel Schweiß, ehe es ihm gelang, Utschar einzufangen und ihm den Gürtelriemen um den Hals zu legen – der Hund hätte sich sonst nicht von der Menge getrennt. Nun zerrte er am Riemen, suchte Eleman wieder zu entwischen. Doch der durfte ihn unter keinen Umständen ziehen lassen – in dem fremden Ail würden die dortigen Hunde über Utschar herfallen. Da gab es keinen Zweifel.

Den Jagdhund fest am Riemen haltend, blieb Eleman stehen; er wusste nicht, wie er sich in dieser Situation verhalten, was er den zum Begräbnis Reitenden sagen sollte. Guten Weg konnte er ihnen doch wohl nicht wünschen. Verwirrt stand er da, als sich seine Mutter, die Zügel straffend, im Sattel umwandte.

»Geh schnell nach Hause, steh hier nicht herum«, sagte sie streng. »Und kümmere dich um den Vater! Weiche keinen Schritt von seiner Seite, hörst du?«

Eleman nickte. Natürlich würde er tun, was sie ihm befahl. Während er der Mutter zuhörte, betrachtete er ihr alterndes, von braunen Fältchen durchfurchtes, gesammeltes Gesicht – so bekümmert hatte er sie noch nie gesehen – und dachte: Reite nur, wenn es sich nun mal so gefügt hat. Sorge dich nicht um uns, ich bin ja nicht mehr klein. Ich mache alles, wie du sagst, weiche dem Vater keinen Schritt von der Seite. Hauptsache, unser Koitschuman kommt mit dem Fuß im Steigbügel zurück und nicht über den Sattel geworfen. Alle Dshigiten sollen aufrecht im Sattel heimkehren, nicht draufgepackt. Um Vater und mich sei unbesorgt. Ich mache alles, wie du befiehlst, Mama.

Nur für einen kurzen Augenblick hatte Kertolgo-saiip die Zügel angezogen, doch während sie ihren Sohn anblickte, ihren Jüngsten, der da mit dem schwarzen Jagdhund auf dem Pfad zurückblieb, verspürte sie im Herzen jäh einen schneidenden Schmerz: Was wird aus ihm, er ist doch noch ein kleiner Junge, wie mag es dem Ältesten ergehen, lebt er noch, oder ist er vielleicht schon von Oiratenspeeren durchbohrt, was harrt ihrer aller morgen, was wird aus ihnen, was wird aus dem Volk?

Und um diese schrecklichen Gedanken nicht laut werden zu lassen, murmelte sie: »Lauf in den Ail, Söhnchen, ich gebe dich und deinen Vater in Gott Tengris Hand.« Schon wollte sie weiterreiten, da hielt sie noch einmal inne: »Sowie du nach Hause kommst, bereite dem Vater einen Aufguss von diesem Kraut …«

»Klar, das mach ich«, versicherte Eleman.

Die Mutter aber erklärte ihm genau, wie er den Heiltrunk bereiten müsse: zunächst das Kraut mit siedend heißem Wasser überbrühen, dann den Aufguss zugedeckt ziehen lassen und, nachdem er etwas abgekühlt ist, dem Vater davon zu trinken geben, bis ihm der Schweiß ausbricht, denn wenn er alles ausgeschwitzt hat, wird die Brust freier …

»Hörst du auch zu, hast du verstanden?«, forschte Kertolgo-saiip. Und als sie sich vergewissert hatte, dass alles hinreichend erläutert war, setzte sie ihren Gefährten nach, die sich allmählich am Seeufer entlang entfernten. Doch nach einem Blick in die Runde hielt sie abermals inne und stieg aus dem Sattel.

»Eleman, komm her zu mir!«, rief sie. »Halt die Zügel, ich möchte zum See beten. Komm.«

Mit diesen Worten wandte sie sich um und schritt langsam und feierlich auf den See zu. Sie ging über seinen rötlichen Ufersand, den bei stürmischen Winden Sturzwellen angespült hatten. Mit dem schneeweißen Turbantuch auf dem Haupt, das streng und fest gebunden war und mit seinen weißen Falten ihr Gesicht umrahmte, sah sie schön aus, obwohl sie merklich gealtert war und an den Schläfen graue Strähnen hervorquollen. Ihr Körper war noch straff, ja wohlgestalt und kräftig, hatte sie doch, bis die Schwiegertochter Almasch ins Haus kam, die ganze Wirtschaft allein bewältigen müssen, eine Wirtschaft mit vier Männern: drei Söhnen und dem Ehemann – und man weiß ja, was die in der Tretmühle des Alltags für Nutzen bringen.

Gesammelt, den täglichen Sorgen und Gedanken bereits entrückt, schritt sie über den Sand zum See; von hohen Gedanken bewegt, blickte sie auf die unergründliche blaue Wasserfläche, auf die dahinter in fliederfarbener, unwirklicher Ferne aufragenden unwirklichen Gipfel der schneebedeckten Berge und auf die unwirklichen Wolken darüber. Das war der sichtbare und fassbare Weltenraum, in dem der Mensch lebte und von dem er abhing, das war die mächtige und gleich Gott Leben spendende Welt, die irdische Verkörperung Gottes.

Kertolgo-saiip verhielt auf den Kieselsteinen am Ufersaum, fast unmittelbar am Rand der schäumenden Brandung. Hierher war ihr auch Eleman gefolgt – mit dem Pferd am Zügel und dem Hund am Riemen.

Kertolgo-saiip fiel auf die Knie, der Sohn tat es ihr gleich, und sie flehte, nicht laut und nicht leise, mit gedämpfter

Stimme: »O Issyk-Kul, du Auge der Erde, immerdar blickst du in den Himmel. An dich wende ich mich, ewiger, nie zufrierender Issyk-Kul, auf dass mich der Gott des Himmels, der Lenker der Geschicke, Tengri, erhöre, wenn er von hoch droben in deine Tiefen schaut.

O Tengri, in der Stunde des Schreckens und der Gefahr gib du uns die Kraft, den feindlichen Oiraten standzuhalten. Beschütze unser aus sechs Geschlechtern hervorgegangenes kirgisisches Volk, das – da es auf Wiesen und Triften das Vieh weidet – in deinen Bergen von deinen Gaben lebt. Lass nicht zu, dass die Hufe von Oiratenpferden unsere Heimaterde zerstampfen. Sei gerecht – versage uns nicht den Sieg im ehrenhaften Kampf. Was geschieht nur dort, hinter jenen Bergen, im Tal des Taltschu? Was hat sich dort ereignet? Keine Kunde, kein Bote kommt vom Schlachtfeld – die Augen haben wir uns schon ausgesehn, erschöpft sind unsere Herzen von der Ungewissheit. Was geschieht dort? Was harrt unser morgen? Beschütze sie alle, die in den Kampf gezogen sind, o Tengri. Gib, dass wir sie in den Sätteln wiedersehn, bewahre uns davor, sie auf Kamele gepackt zurückzubekommen. Erhöre mein Flehen, Tengri, Mutter bin ich von drei Söhnen …«

Eleman kniete zwischen dem Jagdhund Utschar und der langmähnigen Fuchsstute, die er an der Leine hielt. Er blickte auf den dunklen Buckel des Sees, auf die Wölbung des großen Wassers, das da atmete, sich hob und senkte wie ein lebendiger Rücken.

Der See war ruhig zu dieser Stunde, flimmerte nur sanft gekräuselt. Ausgangs eines langen Winters, zu Frühlingsbeginn, waren die Ufer des Issyk-Kul kahl und öde, die angrenzenden Wälder noch unbelaubt, die Wiesen gelb und dürr, nirgends sah man Rauch über Ailen, nirgends dahinsprengende Reiter, Nomadenkarawanen oder weidende Herden.

Dafür kreisten bereits Zugvögel, die am Issyk-Kul überwintert hatten, im Vorgefühl des Frühlings und ihres baldigen Abflugs in andere Breiten scharenweise über dem See, übten sich, zu Schwärmen vereinigt, mit kräftigen Flügelschlägen im schnellen Flug, am Fuß der Berge entlang. Durch die strahlende Frühlingsluft klangen weithin ihre erregten Schreie und Rufe.

Ganz nah rauschte ein Zug rotfüßiger Graugänse an Kertolgo-saiip und ihrem Sohn vorbei. Laut und ausgelassen kreischend, mit schrillem Geschnatter, jagten sie über ihre Köpfe hinweg – so tief, dass man das Pfeifen ihrer Flügelschläge hörte. Der Junge unterschied über dem See mehrere Zugvogelschwärme. Ob es freilich auch Gänse waren, Enten, Schwäne oder langbeinige rosafarbene Flamingos, hätte er nicht sagen können. Zu fern und zu hoch flogen diese Vögel. Nur ihre Stimmen drangen herüber – bald klar, bald undeutlich. Also werden sie heute oder morgen abfliegen, sagte er sich.

Die Mutter aber betete immer noch heiß und inbrünstig; alles, was ihr auf der Seele brannte, legte sie Gott Tengri dar. Das Schicksal möge ihrem Mann, dem großen Jurtenbaumeister Sengirbai, gnädig sein, bat sie, ballten sich doch über ihm die dunklen Wolken einer Brustkrankheit, nicht einmal sein Pferd habe er heute besteigen können.

»Behüte unseren Vater, den kunstfertigen Meister, o Tengri. Keine Jurte gibt es weit und breit, die nicht ein Werk seiner Hände wäre. Unzählbar sind die Wohnstätten, die er errichtet hat! Jeder braucht schließlich ein Dach überm

Kopf: das Kind und der Greis, der Arme und der Reiche, der Schafhirt und der Stutenmelker.«

Dann betete sie, es möge ihm vergönnt sein, Enkel zu wiegen. Sie betete und betete … Hat der Mensch etwa wenig Kümmernisse?

Der große blaue See aber, dessen Auge inmitten schneebedeckter Felsgipfel zum Himmel aufsah, wälzte seine Wasser in finsteren Tiefen und spielte wie ein Lebewesen mit seinen prallen Muskeln – großen, trägen Wellen, die ziellos entstehen und ziellos vergehen. Es war, als rekle sich der See, als sammle er Kraft, um nachts loszutoben. Einstweilen schwärmten hoch über der hellen und klaren, von Frühlingssonne übergossenen Wasserfläche schreiend, im Vorgefühl des baldigen gemeinsamen Aufbruchs zu einer neuen Weltreise, die Zugvögel.

Noch immer betete die Mutter, sie betete inbrünstig und leidenschaftlich: »Ich beschwöre dich bei meiner weißen Muttermilch, erhöre mich, Tengri! Wir sind hierhergekommen, zu deinem irdischen Auge, zum heiligen Issyk-Kul, um uns an dich zu wenden, großer Lenker der Geschicke, himmlischer Tengri. Hier siehst du mich und neben mir meinen Sohn Eleman – er ist mein letztes Kind, weitere werde ich nicht mehr empfangen, weder einen guten noch einen schlechten Menschen werde ich noch gebären, um eins nur bitte ich dich, verleihe meinem Jüngsten die Gabe des Vaters, die Meisterschaft Sengirbais, ihn selbst zieht es schon zu diesem Handwerk. Er aber hat noch einen Wunsch, mein Sohn Eleman, er möchte ein Manas-Sänger werden wie sein Bruder Koitschuman. Verwehre ihm das nicht, schenke ihm vor allem die Kraft des uralten Liedes, lass es wie einen Baum Wurzeln schlagen in seinem Herzen, auf dass er dieses uns von Vorvätern und Vätern überkommene Lied bewahre für seine Kinder und Enkel, gib ihm eine solche Kraft, einen solchen Geist, dass sein Gedächtnis das Lied unserer Vorfahren aufnimmt, überliefert seit der Zeit, da sie Kirgisen geworden sind.

Ich bin Mutter dreier Söhne, Tengri, erhöre mein Flehen. Mit uns bitten dich der Sprache nicht mächtige Geschöpfe, die des Menschen Gefährten sind – unser Jagdhund Utschar, der zur Rechten meines Sohnes steht, er holt jede Beute ein, und die langmähnige Fuchsstute zur Linken meines Sohnes, die bislang noch jedes Jahr gefohlt hat.«

Obwohl die Mutter leise, mit gedämpfter Stimme betete, schien es Eleman, als flögen ihre Worte über den ganzen See und breiteten sich aus wie ein heißer, beschwörender Ruf, den die umliegenden Berge mit einem erregten, teilnahmsvollen Echo beantworteten: »Erhöre mich, Tengri, erhöre, erhöre ...«

Als sie schließlich das Pferd bestieg und ihren Gefährten nacheilte, deren kleine Schar sich am Seeufer entfernte, blieb er noch lange stehen, den Jagdhund Utschar an der Leine. Zu jung war er, um zu ahnen, dass er viele Male an diesen Tag, an die Stunde, da die Mutter am See gebetet hatte, zurückdenken und bei der Erinnerung Tränen des Glücks und der Bitternis vergießen würde, dankbar, dass die Mutter für ihn von Tengri die Gabe eines großen Manas-Sängers erfleht hatte. Später sollte ihn das Volk »Stimmgewaltiger Manastschi Eleman« nennen; noch aber konnte er nicht wissen, dass seine jungen Jahre von der schweren Zeit der Oiratenüberfälle überschattet sein und dass die Menschen das Lied von Manas nur bei heimlichen Zusammenkünften in abgelegenen Felsenschluchten hören würden, noch konnte er nicht wissen, dass ihn der Prolog des Manas stets an das Gebet seiner Mutter am See erinnern würde, seiner Mutter, die längst von den Oiraten getötet war, weil sie ihren Sohn, den Sänger, verborgen gehalten hatte, und dass er in dem prophetischen Sinn des Prologs sowohl Trost finden würde als auch eine Quelle für die Erkenntnis der Größe, der Schönheit und des gedanklichen Reichtums dieses Liedes, das von der Unsterblichkeit ihres Volkes kündete. Noch konnte er nicht wissen, dass gerade ihm bestimmt war, den verschreckten Menschen den »Manas« in die Erinnerung zu rufen:

»O Kirgisen, hört die Kunde von Manas, dem größten Sohn, den jemals unser Volk besaß.

Die Tage seither sind verronnen wie Sand, die zahllosen Nächte sind unwiederbringlich dahin, Jahre und Jahrhunderte sind, einer Karawane gleich, in spurloser Ferne entschwunden. Seit seinen Tagen lebten so viele Menschen auf dieser Welt, wie es Steine gibt auf Erden, vielleicht sogar mehr. Berühmte Leute waren darunter und unbekannte, gute und böse, hünenhafte und tigergleiche, weise und kunstfertige. Große Völker gab es, an die längst nur noch die Namen erinnern.

Was gestern war, ist heute vorbei. In dieser Welt ist alles im Kommen und Gehen. Allein die Sterne sind ewig, die ihre Bahn ziehen unter dem ewigen Mond, allein die ewige Sonne geht tagaus, tagein im Osten auf, allein die schwarzbrüstige Erde bleibt an ihrem ewigen Platz. Auf Erden aber lebt nur das menschliche Gedächtnis lange, dem Menschen selbst ist ein kurzer Weg beschieden – kurz wie der Abstand zwischen seinen Brauen. Allein der Gedanke ist unsterblich, den der Mensch dem Menschen überliefert, ewig ist das Wort, das ein Nachfahre dem andern weitergibt.

Viele Male seither hat die Erde ihr Antlitz verändert. Wo vorher keine Berge gewesen waren, wuchsen gewaltige Berge empor. Wo vorher Berge gestanden hatten, breiteten sich kahle Flächen aus. Schluchten ebneten sich ein, als verliefen sie durch Teig. Flussufer verschmolzen. Inzwischen schnitten Regengüsse neue Gräben und neue Abgründe in die Erde. Wo aber seit der Erschaffung der Welt blaue Meere gewogt hatten, lagen nun Sandwüsten in schweigender Weite. Städte wurden gebaut, Städte wurden zerstört, und über alten Mauern erhoben sich neue …

Doch seither gebar ein Wort ein neues Wort, gebar ein Gedanke einen neuen Gedanken, knüpfte Lied sich an Lied, erwuchs aus Begebenheiten die Legende. So erreichte uns die Sage von Manas und seinem Sohn Semetej, die zum Bollwerk der kirgisischen Stämme geworden sind, zu ihrem Schutz und Schirm vor vielen Feinden.

In dieser Sage erwecken wir die Stimmen der Väter und Vorväter, erleben wir den Vogelzug, der längst entschwunden, den Hufschlag, der längst verstummt ist, die Rufe von Recken, die sich im Zweikampf gegenübergestanden haben, Totenklage und Siegesgeschrei. Aufs Neue ersteht in diesem Lied vergangenes Leben: für die Lebenden und zum Ruhme der Lebenden.

Beginnen wir also unser Epos von dem großen, dem einzigartigen Manas und seinem heldenmütigen Sohn Semetej, lassen wir es erklingen zum Ruhme der Lebenden!«

Wie sollte der Junge schon wissen, dass ihm dank Gottes Gnade bestimmt war, ein Künder des Volksworts zu werden in den Tagen der Not und der schweren Prüfungen unterm Dsungarenjoch, wie sollte er wissen, dass die Feinde tausend edle Rosse auf seinen Kopf setzen würden und dass er, verraten, gemartert, mit ausgestochenen Augen, unter der glühenden kasachischen Steppensonne umkommen würde! Dass er sich in seinen letzten Augenblicken, verblutend, verdurstend, dieses Tags erinnern würde, dieser Stunde, dieses Sees, vor dem sich seine Mutter verneigte, und dieser Vögel, die bald in fremde Lande fliegen würden, und dass er, dieses Bild vor Augen, als wäre es Wirklichkeit, sterben würde, den Ruf »Mutter!« auf den Lippen.

All das lag für ihn noch in der Zukunft – Ruhm, Kampf und Tod.

Jetzt aber stand er einfach am Ufer des Issyk-Kul, dort, wo die Mutter gebetet hatte, und hielt den Jagdhund Utschar fest an der Leine, damit er sich nicht unversehens losriss und der Menge nachsetzte, die dem Blick bereits entschwand. Dann besann er sich, erinnerte sich des kranken Vaters.

»Komm, Utschar, komm!«, rief er streng und eilte durch das schmale Tal zwischen den Uferbergen zum Ail. Während er sich vom See entfernte, hörte er in seinem Rücken noch lange das Stimmengewirr, die Schreie der schwärmenden Vögel.

In jener Nacht, als schon der Morgen graute, entschlief vor den Augen seines jüngsten Sohnes Eleman der große Jurtenbaumeister Sengirbai. Die letzten Worte, die der Vater sagte, röchelnd, nach Luft ringend, mit schwerer Zunge, waren kaum noch zu verstehen. Aber Eleman, der sich zitternd über ihn geneigt hatte und bei der flackernden

Flamme des offenen Feuers in den Zuckungen seiner erstarrenden Lippen las, erriet, was er sagen wollte. Zwei Wörter hatte er erhascht: »Was … Taltschu.«

Da konnte er die Tränen der Verzweiflung nicht länger zurückhalten, ob er sich auch auf die Lippen biss, und er rief, laut aufschluchzend: »Nein, Vater, noch gibt es keine Kunde. Ich will dich nicht betrügen. Nichts wissen wir. Ich bin hier allein. Hörst du? Ich habe Angst. Stirb nicht, Vater, stirb nicht. Bald kommt Mutter zurück …«

Erreichten die Worte den sterbenden Vater? Wer weiß es! Er verschied im selben Moment mit offenen Augen. Und als das geschehen war, als der Schatten des Todes das Antlitz des Vaters blitzartig fremd und schrecklich gemacht hatte, stürzte der Knabe entsetzt aus der Jurte, rannte er besinnungslos, voller Furcht davon. Schreiend und schluchzend lief er, ohne zu wissen, wohin; hinterdrein sprang, den Schwanz erschrocken eingeklemmt, der Jagdhund Utschar. Erst am tosenden Gestade des Sees kam Eleman zur Besinnung. Erstarrt blieb er stehen. Der Issyk-Kul wütete in jener Nacht, wogte und brodelte unter schäumenden Brechern. Doch von oben drangen ganz andere Laute an Elemans Ohr – ein unaufhörliches Stimmengewirr. Er hob den Kopf, da war der grauende Himmel, so weit er sehen konnte, voller Vögel. In weiten Kreisen stiegen sie hoch über den See, um die Bergrücken zu überwinden. Noch ein letzter Kreis, dann formierten sie sich zu einem riesigen Strom, schwangen sich höher und höher und nahmen schließlich Kurs auf die Boom-Schlucht, über den Pass hinweg, in Richtung des Taltschu. Eleman begriff, dass sie einen weiten Flug vor sich hatten und für lange Zeit wegzogen, dass auf ihrem Weg in unbekannte ferne Gegenden das Tal des Taltschu lag; er nahm alle Kraft zusammen und schrie, so laut er konnte: »Unser Vater ist tot! Sagt es meinem Bruder Koitschuman – unser Vater ist tot, tooot!«

Wir flogen lange über Berge dahin. An einem Pass trieb heftiger Wind schiefergraue Wolkenballen auf uns zu. Erst gerieten wir in Regen, dann schlug uns eisiger Schnee entgegen, und unsere durchnässten Federn begannen zu erstarren, schwerer und schwerer fiel uns das Fliegen. Unser Schwarm kehrte um, die anderen folgten uns, erneut kreisten wir schreiend über dem See, gewannen dabei noch mehr an Höhe und begaben uns erneut auf die Reise, diesmal hoch über den Bergen und über den Wolken. Als uns die Strahlen der Morgensonne einholten, hatten wir den Pass bereits überwunden, und unter uns dehnte sich weithin das Tal des Taltschu. O segenspendendes Tal, tief reicht es hinein in die großen Steppen; so weit wir blicken konnten, war es von Sonnenlicht übergossen, schon grünte das Land, und die Bäume standen voller Knospen – prall wie die Leiber trächtiger Stuten.

Silberglänzend schlängelte sich der Fluss Taltschu durchs Tal, und ebendiesen Fluss entlang führte uns die Reise. Mit sehnsüchtigen Rufen grüßten wir das Tal, und allmählich näherten wir uns wieder der Erde, denn vor uns, den Taltschu abwärts, auf weitem, schilfbewachsenem Schwemmland, harrte unser die erste Rast auf dem langen, ewig gleichen Weg der Vogelkarawanen. Hier wollten wir ausruhen, wollten Futter suchen, um danach die Reise mit neuer Kraft fortzusetzen. Doch diesmal verwehrte uns das Schicksal den gewohnten Rastplatz.

Mit Flügeln und Schwanzfedern den Flug drosselnd,

näherten sich unsere Schwärme der vertrauten Flussniederung, da erblickten wir unter uns jäh ein menschliches Schlachtfeld. Es war ein schreckliches Schauspiel. Zahllose Menschen, Tausende und Abertausende, beritten und zu Fuß, waren hier, auf unserem Schwemmland, aneinandergeraten. Die Luft war erfüllt von Getöse und Gebrüll, von Winseln und Stöhnen, von Wiehern und Schnauben. So weit wir sehen konnten, vernichteten die Menschen einander in blutiger Schlacht. Bald stürmten sie in großen Scharen, unter furchterregenden Schreien und mit gefällten Lanzen aufeinander los, stießen sich gegenseitig zu Boden, zerstampften die Gestürzten mit den Hufen der Pferde, bald wieder liefen sie auseinander; und wo die einen flohen, setzten ihnen die anderen nach. Manche kämpften im Schilf mit Messern und Säbeln, schnitten einander die Kehlen durch, schlitzten Bäuche auf. Menschen- und Pferdeleichen türmten sich, viele Erschlagene lagen im Wasser, auf überschwemmtem Grund, behinderten die Strömung, und das Wasser, bedeckt mit Blasen und von dunklem Blutschleim durchzogen, rann nach allen Seiten, wurde unter den Hufen der Pferde zu blutigem Brei.

Unsere Schwärme stockten ratlos, ein Höllenlärm erhob sich in den Lüften, unsere Reihen gerieten durcheinander, und so kreisten wir nun am Himmel – eine brodelnde Wolke verschreckter Vögel. Lange konnten wir uns nicht fassen, lange flogen wir über den unglücklichen Menschen, die einander töteten, lange sammelten wir unsere Scharen, lange fanden wir keine Ruhe. Es gelang uns nicht, dort Rast zu machen, wir mussten diesen verfluchten Ort verlassen und weiterfliegen.

Verzeiht, ihr Zugvögel! Verzeiht, was war, verzeiht, was noch kommen wird. Ich kann euch nicht erklären, und ihr werdet nie verstehen, warum das menschliche Leben so eingerichtet ist, warum auf Erden so viele getötet wurden und weiterhin getötet werden. Verzeiht um Gottes willen, verzeiht, ihr Vögel am Himmel, die ihr in klarer Weite eure Bahn zieht … Nach der Schlacht prassten dort die Aasgeier, schlugen sich die Wänste voll bis zum Erbrechen, bis sie keinen Flügel mehr bewegen konnten. Schakale fraßen bis zum Umfallen, bis sie kaum noch kriechen konnten. Fliegt, fliegt weit weg von dieser grausigen Gegend!

So ist es seit Urbeginn: Sobald ihre Zeit gekommen ist, nicht früher und nicht später, begeben sich die Vögel auf die weite Reise. Sie fliegen unbedingt, unwandelbar, auf immer denselben Wegen, die nur sie kennen, fliegen vom einen bis ans andere Ende der Welt. Sie fliegen durch Gewitter und Sturm, bei Tag und bei Nacht, unermüdlich schlagen sie mit den Flügeln, sie schlafen sogar im Flug. So will es die Natur. Nach dem Norden, zu den großen Strömen fliegt die gefiederte Schar, um auf angestammten Nistplätzen die nächste Brut aufzuziehen. Im Herbst aber brechen sie samt ihrer inzwischen gekräftigten Nachkommenschaft gen Süden auf, und so geht es ohne Ende.

Nun fliegen wir schon viele, viele Tage. In dieser unirdischen, eisigen Höhe tost der Wind gleich einem endlosen Strom, oder ist es die Zeit selbst, die im unermesslichen All unsichtbar dahinströmt, wer weiß wohin?

Unsere Hälse gleichen Pfeilen, unsere Körper aber gleichen Herzen, angestrengten und unermüdlichen Herzen.

Noch lange müssen wir fliegen – Flügelschlag um Flügelschlag.

Wir fliegen, schwingen uns höher und höher. So hoch, dass die Berge flach werden, dann gänzlich verschwinden und die Erde, immer weiter entfernt, ihre Umrisse verliert: Wo ist da noch Asien, wo Europa? Wo sind die Ozeane, wo die Kontinente? Öde und leer ist alles ringsum – nur unsere Erdkugel wiegt sich sacht, zieht durchs endlose All wie ein Kameljunges, das sich in der Steppe verirrt hat und die Mutter sucht. Wo aber ist sie, die Kamelmutter – wo ist die Mutter der Erde? Kein Laut! Nur der Höhenwind tost, und die Erde, nicht größer als eine Faust, wiegt sich und zieht durchs All. Wie der Kopf eines verwaisten Kindes wiegt sie sich – so schutzlos, so verletzlich. Findet auf ihr wirklich so viel Gutes Platz, werden auf ihr wirklich so viele Übeltaten verziehn? Nein, ihr dürft nicht verzeihn, ich bitte euch, tut es nicht – ihr, die ihr dem Feuer gebietet, die ihr die Welt erkennt, die ihr des Schicksals Lauf lenkt. Nur ein Vogel bin ich in diesem fliegenden Schwarm. Ich fliege mit den Kranichen und bin selbst ein Kranich. Auch ich orientiere mich nachts nach den Sternen, tags nach den Fluren und Städten. Und ich mache mir meine Gedanken.

Ich fliege und weine,
fliege und weine,
fliege und weine.
Ich beschwöre Menschen und Götter:
Bedenkt, was ihr tut,
dass ihr unbedacht nicht die Erde vernichtet!
Gewiss doch, ihr Menschen:
Wenn Kranichtränen euch netzen –

was kümmert es euch? Wischt sie weg!
Und dennoch, ja, dennoch:
Behüt euch der Himmel
vor Leid, das kein Mensch mehr erträgt,
vor Feuersbrünsten, die keiner mehr löscht,
vor blutigen Kriegen, die keiner aufhält,
vor Taten, die keiner mehr gutmacht.
Behüt euch der Himmel
vor Leid, das kein Mensch mehr erträgt.

Der Schwarm entschwindet in der Ferne dem Blick. Nicht mehr auszumachen sind die Flügelschläge. Eben noch wirkte der Vogelzug wie ein Pünktchen am Himmel, nun hat auch das sich verloren.

Doch die Zeit geht ins Land: Wieder ist Frühling, und wieder ertönen Kranichschreie hoch droben …

Die Ente Luwr

In einer finsteren, dunstgeschwängerten Nacht tobte entlang der ganzen Ochotskischen Seeküste, an der ganzen Front von Land und Meer, der uralte, unbändige Kampf der zwei Elemente – das Festland trotzte dem Druck des Meeres, das Meer berannte unermüdlich das Land.

Tosend, verzweifelt stürmte das Meer im Dunkel immer wieder gegen die Klippen an und zerschellte. Qualvoll stöhnte die steinharte Erde, während sie die Angriffe des Meeres abwehrte.

So liegen sie im Widerstreit seit dem Schöpfungsakt – seit der Tag zum Tag und die Nacht zur Nacht geworden; und so wird es fernerhin sein, alle Tage und alle Nächte, solange es Erde und Wasser gibt, im ewigen Zeitenlauf.

Alle Tage und alle Nächte …

Eine neue Nacht verrann. Die Nacht vor der Ausfahrt aufs Meer. In jener Nacht fand er keinen Schlaf. Zum ersten Mal im Leben schlief er nicht, zum ersten Mal litt er an Schlaflosigkeit. Mit allen Fibern sehnte er den Tagesanbruch herbei, damit er hinauskonnte aufs Meer. Auf ein Robbenfell gelagert, spürte er, wie der Boden unter ihm vom Meeresanprall kaum merklich bebte, wie die Wogen in der Bucht donnerten, sich abhetzten. Er fand keinen Schlaf, lauschte hinaus in die Nacht …

Früher war alles ganz anders gewesen. Keiner konnte sich

jetzt vorstellen, keiner wusste oder ahnte auch nur, dass die Welt ganz anders aussehen könnte, hätte es vor Urzeiten nicht die Ente Luwr gegeben. Dann stünden nicht Festland gegen Wasser, Wasser gegen Land. Denn am Anfang, am Urbeginn, gab es keine Erde in der Natur – nicht einmal ein Staubkörnchen. Ringsum breitete sich Wasser, nichts als Wasser. Das Wasser war aus sich selbst entstanden, in seinem ewigen Wandelkreis – in schwarzen Abgründen, tiefen Strudeln. Wogen um Wogen rollten da, rollten auseinander, nach allen Richtungen der damals richtungslosen Welt: aus dem Nichts ins Nichts.

Die Ente Luwr aber – ganz recht, die gewöhnliche breitschnäblige Wildente, die bis zum heutigen Tag in Schwärmen zu unseren Häuptern dahinfliegt – irrte dazumal mutterseelenallein über der Welt herum, und nirgends konnte sie ihr Ei ablegen. Weit und breit war nur Wasser – nicht einmal Schilfrohr fand sich, um ein Nest zu flechten.

Die Ente Luwr schrie in der Luft, sie fürchtete, das Ei nicht länger halten zu können, es über dem bodenlosen Abgrund zu verlieren. Wohin sie sich auch wandte, wo immer sie suchte – überall plätscherten unter ihren Flügeln Wellen, erstreckte sich das Große Wasser – Wasser ohne Grenzen, ohne Anfang und ohne Ende.

Völlig entkräftet erkannte sie schließlich: Auf der weiten Welt gab es keinen Ort, wo sie ein Nest bauen konnte.

Da ließ sich die Ente Luwr auf dem Wasser nieder, zupfte sich Federn aus der Brust und flocht ein Nest. Und aus diesem schwimmenden Nest wuchs die Erde. Nach und nach weitete sich die Erde, wurde sie von mancherlei Geschöpfen bevölkert. Der Mensch aber tat sich unter allen hervor – er lernte, auf Skiern über Schnee zu laufen, im Boot auf dem

Wasser zu fahren. Er begann, Wild zu erlegen und Fische zu fangen, nährte sich so und mehrte sein Geschlecht.

Hätte die Ente Luwr nur geahnt, wie hart das Dasein wurde mit der Entstehung des festen Landes inmitten des reinen Wasserreichs! Kann sich doch, seit es die Erde gibt, das Meer nicht beruhigen; das Meer kämpft gegen das Land und das Land gegen das Meer. Der Mensch aber hat es zuweilen bitter schwer zwischen Land und See, zwischen See und Land. Das Meer liebt ihn nicht, denn er ist mehr der Erde verhaftet …

Der Jäger Kodshodshasch

In der kirgisischen Epik lebt bis auf den heutigen Tag, wie zur Mahnung an die Nachkommen, die berühmte Mär vom jungen Jäger Kodshodshasch. Die Sage ist uralt. Hier der Inhalt des Epos, das der Erzähler in einem Rezitativ vor seinem Publikum vorgesungen hätte:

Der junge Glückspilz Kodshodshasch kehrte immer mit reicher Beute aus den Bergen zurück. Er war der Jäger und Ernährer des Stammes, den er, stets von Erfolg begleitet, mit Pelzen und mit Wild versorgte. Großmut und Schonungslosigkeit zeichneten ihn aus, ging es doch um die Jagd auf wilde Tiere. Aber das Schicksal ereilt auch ihn. Er zieht über den Pass zu den Ackerbauern und will um die Hand einer Braut anhalten. Stammesangehörige mit reichen Geschenken an Pelzen – Fuchs und Marder, Zobel und Schneeleoparden – geben ihm das Geleit. Die Geschenke werden vor den Vätern der Töchter ausgebreitet, der Akyn besingt die Vorzüge des Brautwerbers – seine Kraft, das scharfe Auge und den schnellen Lauf, er kann den Bergbock einholen, er ist so stark, den Schneeleoparden niederzuringen, er ist unter einem glücklichen Stern geboren. Im Ringkampf bezwingt Kodshodshasch jeden Brautanwärter. Die Väter geben ihr festes Versprechen, ein Mädchen mit Kodshodshasch zu verloben, die Hochzeit wird auf den folgenden Herbst nach der Erntezeit festgelegt. Triumphierend kehrt Kodshodshasch in seine Berge zurück. Doch unterwegs fliegt die Elster aus den Büschen, zudringlich flattert sie um seinen Kopf, schwatzt ihm unaufhörlich zu und warnt ihn vor dem Unheil, vergeblich schwelge er in seinem Ruhm, die Hochzeit werde nie stattfinden und er bekäme die Braut nie mehr zu sehen. Kodshodshasch missachtet die Kunde: Ist doch lachhaft, als ob diese schwatzhafte Elster so etwas wissen könne, ist doch nur das Geschwätz der Neidhammel, die ihr das eingeredet haben. Kodshodshasch ist wieder mit alter Kraft und dem gewohnten Glück in seinen Bergen. Den ganzen Winter macht er Jagd auf Böcke, ernährt seinen Stamm und sammelt neue Pelzgeschenke, nunmehr schon für die Hochzeit. Der Frühling bricht an. Bald ist Sommer, und dann naht der Herbst. Es ist Zeit, die Hochzeit vorzubereiten.

Kodshodshasch wohnte einmal einer Marderhochzeit bei. In einer stillen Mondnacht kamen die Tierchen auf die Wiese beim kleinen Fluss heraus, um der Braut das Geleit zu geben. (Diese Bergtierchen führen sich, wie Jäger bezeugen, zur Jagdzeit fast wie Menschen auf. Sie veranstalten ganze Hochzeitszüge. Und das ist die günstigste Zeit der Beute.) Die Marderbraut war die Schönste, ihre Augen leuchteten, alle Marderinnen umringen sie, singen und tanzen, und ihnen entgegen bewegt sich der Zug des Marderbräutigams. Nun treffen sie sich, bilden einen Reigen und stimmen Lieder an. Der junge Jäger Kodshodshasch beobachtet die Marderhochzeit, ergötzt sich an der Schönheit der Marderbraut und ist erstaunt, dass die Tierchen so unvorsichtig sind. Da fällt ihm ein, dass er noch viele wertvolle Gaben für seine bevorstehende Hochzeit braucht. Ohne lange nachzudenken, wirft Kodshodshasch ein Fell über den Zug der Marder, die vom Geleit der Braut noch ganz hingerissen sind, erdrückt und erwürgt sie.

Die Ereignisse erreichen ihren Höhepunkt, als die Jagd auf die Bergziegen beginnt. Kodshodshasch hat über den Winter eine ganze Herde erlegt. Weit und breit gab es immer weniger Böcke und Ziegen. Eines Tages verfolgt Kodshodshasch die Mutter der Herde, die Grauziege Sur Etschki, die wie immer vom Graubock Sur Theke begleitet wird. Kodshodshasch jagt die Tiere auf den Berg und bereitet sich auf den Abschuss vor. Und da wendet sich die Grauziege Sur Etschki an den Jäger und fleht ihn an, den Graubock Sur Theke nicht zu töten, damit sie ihr Geschlecht fortpflanzen können. Aber Kodshodshasch überhört das Flehen der Grauziege. Mit zielgenauem Schuss erlegt er den großen Graubock. Sur Theke fällt vor Sur Etschki tot zu Boden. Da verwünscht die Grauziege Sur Etschki den Jäger, klagt ihn an, er habe ihr Geschlecht ausgerottet, und spricht zu ihm vom Berg herab: »Du hast unseren Vater getötet und unserem Geschlecht ein Ende bereitet. Von nun an seist du verflucht. Von nun an wirst du keine einzige Kreatur mehr erbeuten. Versuche nur, mich, die einsame, verwaiste Grauziege, zu fassen. Ich rühre mich nicht vom Fleck. Aber du wirst es nicht schaffen.«

Kodshodshasch bricht in schallendes Gelächter aus, sodass die Steine von den Bergen herabfallen, er verlacht die Worte der unglückseligen Grauziege. Er zielt auf sie, aber der Pfeil fliegt an ihr vorbei. Er versucht es ein zweites Mal und verfehlt sie erneut. Auch der dritte Versuch misslingt. »Hol mich doch ein!«, fordert die Grauziege Sur Etschki den Jäger heraus und rennt davon, dabei knickt sie ein, um vorzutäuschen, dass sie hinke. Der Jäger stürzt ihr nach und hofft, diese dreiste alte Grauziege in zwei Sprüngen einzuholen. Aber jedes Mal, wenn er der hinkenden Sur Etschki nahe kommt, springt sie weg und entkommt ihm. Die Jagd dauert bis zum Abend. Im aufgewirbelten Staub der Bergpfade bemerkt Kodshodshasch gar nicht, wie ihn die Grauziege Sur Etschki auf einen unzugänglichen Berg lockt. Erst als vor ihm die steile Steinwand hochragt, stellt der Jäger fest, dass er sich auf dem Felsen befindet, von dem es keinen Ausweg mehr gibt, weder hinauf noch hinunter, weder rückwärts noch vorwärts. Er steht auf einem schmalen Absatz über dem Abgrund. Dann spricht die Grauziege Sur Etschki mit menschlicher Stimme, und ihre Stimme dröhnt wie ein Horn über alle Berge: »Das ist die Strafe für deine Grausamkeit gegenüber den wilden Tieren. Sei verflucht und beweine dein Schicksal bis zum letzten Augenblick deines Lebens so bitterlich, wie ich meine Kinder, die du getötet hast, beweine!«

Daraufhin hebt der Jäger Kodshodshasch sein Klagelied an, seine Stammesgenossen stehen unter ihm am Boden des Abgrunds. Kodshodshasch grämt sich, weil er gegenüber den Kreaturen der Wildnis so grausam war, er beweint sein Schicksal und seine Verlobte, die er nicht mehr heiraten können wird.

Die Braut bricht in die Berge auf, um der Grauziege Sur Etschki zu Füßen zu fallen und sie anzuflehen, den Fluch vom Bräutigam zu nehmen. Aber Jahrhunderte vergehen, und die Verlobte kann die Grauziege Sur Etschki in den Bergen nicht finden. Sie zieht durch die Berge und trifft auf die Hochzeit der Marder. Die Tierchen begleiten in einer Mondnacht die Braut mit den wie Diamanten leuchtenden

Augen. Und die Verlobte des Jägers kniet, weint und grämt sich, dass ihr nicht das Glück der Marderbraut beschert sein wird …

Der Selbstmord der Wale

Und der Ozean, jener Urspeicher einer möglichen, ja eines Tages unvermeidlichen universalen Sintflut, war an diesem Tag mächtig aufgewühlt, er schlug gegen die Kontinente des Planeten, wiegelte mit seiner gesamten, unverrückbaren Masse den Erdball auf dessen Umlaufbahn, spielte in den Tiefen und aus den Tiefen mit gewaltigen Strömungen, ja der Ozean erregte sich selbst in plötzlich aufbrandenden Wallungen der Wellen, drehte unaufhörlich die Wasser, er glitzerte und glänzte zu der Stunde über dem ganzen atlantischen Raum.

Der Futurologe blickte aus großer Höhe auf das kochende Magma und ergötzte sich daran am Fenster des Flugzeugs über dem Atlantik. Was er betrachtete, begeisterte ihn an jenem sonnigen Tag ganz besonders, obgleich daran nichts Besonderes war – der Ozean in der Tiefe, Wasser und Wellen, ein eintöniger, wüstenhafter Horizont. Das winzige menschliche Auge, dachte er, kann die unfassliche Weite des Weltraums überblicken. Nicht einmal dem Adler über den Wolken war solch eine Panoramasicht gegeben. Ja, dank der technischen Leistungen schafft der Mensch eine zweite Realität, entdeckt immer neue Mittel für seine universale Anpassungsfähigkeit und baut sich von eigener Hand die Glückseligkeit einer Himmelsbehausung. Früher konnte nur Gott die Erde im Ganzen überblicken und über der Welt wie ein unsichtbarer Wirbel in unsichtbarer Höhe dahinjagen.

Im beharrlich gleichmäßigen Dröhnen des Flugzeugs ließ sich der Futurologe von solchen Gedanken in eine Stimmung der Muße versetzen. Genau das war es, was er sich zu der Stunde wünschte, während er noch am Himmel weilte: sich entfernen, völlig allein sein … Leicht berauscht vom Whisky, der am Grund des großen Glases mit den Eiswürfeln golden schimmerte, setzte er der angenehmen Erregung des Blutes keinen Widerstand entgegen, ganz im Gegenteil – er wollte das seltene Gefühl, da er sich befreit fühlte und nur sich gehörte, möglichst lange erhalten. So ausgezeichnet hatten sich doch die Götter nach einem Glas Wein fühlen müssen, dachte der Futurologe nicht ohne Selbstironie in dem Moment; und dass die Sitze neben ihm leer waren, also niemand neben ihm saß, der ihn durch seine Gespräche hätte ablenken können, war ebenfalls ein Glück des Augenblicks.

Robert Bork kehrte von einem seiner gewohnten Aufenthalte in Europa zurück: wieder so eine internationale Konferenz, eine Tagung von Intellektuellen, erfüllt von den endlosen Diskussionen, die zu einer Art Lebensweise für dieses kosmopolitische Milieu geworden waren, nichts als Debatten, die sich in den Kreislauf von Meinungen und Prognosen ergossen. Die Perspektiven der Weltzivilisation … Die Gefahren des monopolaren Entwicklungsmodells … All jene stets aktuellen Probleme, bei deren Reflexion die Tage und Jahre, das ganze Leben eines Harvardgelehrten zerfloss. Und je länger er sich in diese Wissenschaft der Orakel vertiefte, desto deutlicher entdeckte er ein unergründliches schwarzes Loch in dem vom Menschen geschaffenen Leben auf Erden; hier spürte er, dass das, was man so beharrlich zu erforschen sich bemühte, verschlüsselt blieb – nämlich die Ziele, Handlungen und das alltägliche Verhalten des gegenwärtigen Menschengeschlechts. Mitunter dünkte es ihn, der Mensch trage eine zwanghafte Unruhe in sich – immer will er das Schicksal im Voraus ausloten, sich unablässig mit dem Sinn des Lebens abquälen, eben mit all dem Kram, der sich ohnehin niemandem erschließt, nicht heute oder morgen, auch nicht in tausend Jahren. Versuch es doch einmal, sagte er sich, und verweigere dich diesem unaufhörlichen Wettlauf in der Zeit; wozu überhaupt solch ein Leben, warum nicht vor Erschöpfung und Verzweiflung abbrechen, statt stets in vollem Lauf jeden Schimmer am Horizont einschätzen zu wollen; aber dann wäre das Leben unnütz. Wird das Schicksal denn nicht unfruchtbar ohne ein Bild der Zukunft? Wie schwierig war es doch zeitweise, wissenschaftlich gelassen zu bleiben und über den Händeln der Parteien, über den Widersprüchen zu stehen und objektiv zu prognostizieren, zu welchen Abgründen sich das sogenannte Rad der Geschichte hindrehe; vielleicht war es gar kein Rad, sondern ein Ding, das sich überhaupt nicht drehen konnte, also eher eine Radfelge, die durch einen schrecklichen Schlag platt gedrückt war und in der alle Speichen auseinandergeborsten waren. Diese Form der Bewegung hatte in der Wissenschaft noch niemand genau definiert …

Und nun fühlte sich Bork wie der Sportler, der in der Pause nach einem anstrengenden Spiel in die Umkleideräume flieht, um von allem abzuschalten, die Spannung und den Stress abzubauen; hier im Flugzeug wollte der Futurologe einfach nicht an das denken, was ihn ständig umtrieb. Ob ihm das gelänge – zu überzeugen und das Denken an die Schwelle neuer wissenschaftlicher Einsichten heranzuführen – zu den womöglich letzten Verallgemeinerungen seiner langjährigen Forschungen? Robert Bork war der Ansicht, dass die Menschheit ganz neue Erkenntnisse verarbeiten, ja gewaltige Prüfungen bestehen müsse, etwa im Zusammenhang mit der Abkühlung oder auch der Erhöhung der Sonnentemperatur. Und wenn die Menschheit die tragische Möglichkeit ihres eigenen Untergangs einsähe, würde diese Einsicht – eben das wäre äußerst wichtig – zur Quelle und zum Impuls bei der Entdeckung neuer Überlebensmethoden, neuer Wege und Formen der Entwicklung, was wiederum zu einem neuen Typus des Denkens führen müsste. Und genau das war sein, Robert Borks, Lied der Lieder, darüber wollte er schreiben, er hatte vor, ein solches Bild des künftigen Daseins vorwegzunehmen und vorherzusagen. Aber würde er es schaffen? Eine gewaltige Arbeit … Und die Zeit drängte unerbittlich …

Unter den Tragflächen wogte der Ozean nach wie vor grenzenlos, auf den Wellen trieben Lichtflecken ihr blitzendes Spiel. Seine Reisen fielen selten auf so einen Tag. Sonne, wolkenlose Höhe, die Weite und der zielstrebige Flug in einer Bewegung, die über dem Ozean für immer und ewig erstarrt schien … In rund anderthalb Stunden musste sich das Ufer des Festlands abzeichnen, und danach würde die Landung beginnen, dann wäre auch diese Himmelspause zu Ende, und schon die ersten Schritte würden ihn wieder in das Menschengewühl des lärmenden Flughafens stürzen.

Indessen ereignete sich aber noch während des Fluges etwas Ungewöhnliches und in einem Leben wohl Einmaliges. Bork war ein leidlicher Hobbyfotograf, er trug den

Apparat stets bei sich und auch dieses Mal hatte er Lust, unterwegs etwas zu knipsen, um ein bizarres Wölkchen, das wie ein Kind bei gutem Wetter am Firmament spazieren geht, seiner Kollektion hinzufügen zu können. Er schmiegte sich ans Fenster und richtete den Fotoapparat her. Leider war kein würdiges Wölkchen zu entdecken, der Himmel war rundum klar, sah man von den paar Bällchen ab, die tief unter dem Flugzeug umhertrieben. Und plötzlich erblickte er aus der Schräglage – das Flugzeug zog gerade eine Kurve – die große Herde rasch schwimmender Wale im Ozean. Das Bild bot sich dermaßen scharf dar, war räumlich und zeitlich in einem Blick zu erfassen, so überwältigend, dass ihm der Atem stockte. Und gerade von ihnen, den Walen, träumte er doch so häufig. Mitunter erschienen sie ihm wie dunkle Visionen, die im Meer dahinziehen und ihn zu sich rufen. Und da waren nun die Wale in der Wirklichkeit. Und welch unwahrscheinlicher Anblick! Die Wale schwammen im Keil, wie die Kraniche am Himmel. Etwa zwanzig Stück. Das Flugzeug lag zwar wieder auf geradem Kurs, aber die Wale waren noch zu sehen. Machtvoll zerpflügten sie die auflaufenden Wellen und sprühten über den Köpfen ganze Fontänen aus, dann verschwanden sie in Schlünden und tauchten wieder wie Gebirgswände auf, sie zogen in einheitlicher Zielstrebigkeit dahin, ohne vom eingeschlagenen Kurs abzuweichen. Robert Bork hatte, fasziniert von der Kraft und dem Willen in der Bewegung der Walherde, alles vergessen und stellte sich sogar vor, dass er selbst in diesem gigantischen Zug zwischen den Walen mitschwimme, ja dass er ein Walmensch sei und dass Wasser in glitzernden Strömen von seinem Rücken abfließe wie Gewitterregen von einem Hügel. Und er schwimmt mit einem betäubend pochenden Herzen in der Brust, wie er in dem brandenden Ozean inmitten der Wale zu sich kommt, ein plötzlich erwachter Instinkt lässt ihn begreifen, dass er von nun an mit den Walen bis ans Ende seiner Tage verbunden bleibt, und das Geheimnisvolle dieser Begegnung öffnet seine Seele – was die Wale heimsucht, ereilt auch ihn, was ihm widerfährt, stößt auch den Walen zu … Er hat also nicht zufällig von ihnen geträumt. Nein, das ist kein Zufall. Aber wohin schwimmen sie so zügig zu dieser Stunde? Ist vielleicht irgendwo etwas geschehen? Wohin wollen sie ihn locken? Und mit welcher Absicht?

Ganz und gar unsicher, ob es aus dieser Entfernung funktionierte, knipste der Futurologe dennoch rasch ein Bild von den Walen. Gleich darauf holte er sich den Hörer des Flugtelefons aus der Halterung des Sitzes. Es drängte ihn, sofort zu Hause anzurufen. Er wählte rasch und gab dem Telefeld das Bankkonto, die Vorwahl und die Privatnummer ein, er verwählte sich einmal und begann von Neuem, die Ziffern einzugeben, und dachte nur noch an diese eine, in diesem Augenblick außerordentlich wichtige Sache. Er war in dem Zustand, in dem ein Mensch sich durch nichts beirren lässt und bereit ist, alles lautstark zu verkünden, was ihn bewegt, ja sogar jeden Unsinn. Die paar Fluggäste der ersten Klasse dösten in einiger Entfernung vor sich hin, und es war auch keine Stewardess in der Nähe. Bork dachte nur noch daran, dass sein Anruf durchkam.

Aber die Wale im Ozean hatten sich bereits verborgen, sie waren seinem Blickfeld entschwunden … »Jessie!«, rief er aus, als sie in der Muschel zu hören war. »Weißt du noch, wie ich dir von meinen Träumen über Wale erzählt habe?«

»Hallo, was ist denn los? Bist dus, Robert? Wo bist du?«

»Soeben habe ich sie gesehen! Ich bin den Walen im Ozean begegnet! Verstehst du, das war, ja das war etwas … Grandioses, ich habe das noch nie gesehen.«

»Langsam, langsam, warum verhaspelst du dich? Wale? Um Gottes willen, so beruhige dich doch! Erzähl es mir später, wenn du daheim bist. Aber hör doch nur, hier geschieht etwas, ich weiß gar nicht, wie ichs dir sagen soll. Alle stehen unter Schock. Sie lesen die *Tribune*, alle, ja alle. Habt ihr keine Zeitungen von heute an Bord? Was frage ich nur – es ist ja eine Extraausgabe der *Tribune*, soeben über Funk und Fernsehen bekannt gegeben … Wohin man kommt, alle stürzen sich darauf …«

»Was soll das denn sein? Eine politische Sensation? Ein Misstrauensvotum an die Regierung?«

»Wenns nur das wäre! Ich weiß nicht, wie ichs dir erklären soll. Ich bin noch beim Lesen. Etwas Außerirdisches.«

»… Aber worum gehts? Was ist es denn?«

»Das Sendschreiben eines kosmischen Mönches an den römischen Papst! Eigentlich an alle, ja an alle Menschen …«

»Wie bitte? Gibt es seit Neuestem einen Orden mit Weltraumklöstern? Was redest du da …«

»Ich kanns dir nicht sagen. Eine Menge Text. Alle lesen.«

»Was ist der springende Punkt?«

»Der Absender behauptet, er habe eine wissenschaftliche Entdeckung gemacht. Verzeih mir, es sieht so aus, dass die Menschen jetzt anscheinend selbst entscheiden können, ob sie auf die Welt kommen wollen oder nicht.«

»Was soll denn das, Jessie?« Der Futurologe verstummte, er fühlte sich wie vor den Kopf gestoßen und wunderte sich – aber es stimmt, ja, er befindet sich wahrhaftig in einem Flugzeug, das fliegt. Und dann kam er wieder zur Sache. »Ich verstehe gar nichts mehr! Orientalische Mystik oder irgend so eine Häresie! Wie kann man so etwas behaupten? Das wäre ja ein schrecklicher Gedanke. Das heißt, die Wale …«

»Rob, hast du die Wale im Ozean tatsächlich gesehen?«, fragte Jessie später im Auto.

»Deshalb habe ich dich doch angerufen.« Er lebte sichtlich wieder auf. »Stell dir das vor! In Worten nicht zu beschreiben. Bewegen sich wie Schiffe durch die Wellen, grandiose Geschöpfe, und sie schwimmen wie Kraniche am Himmel. Im Keil. Was für ein Anblick! …«

Robert Bork schwieg und fuhr dann fort, während er sich am Gedanken begeisterte: »Jetzt glaube ich … das war kein Zufall, sondern eine Art Vorbote. In Frankfurt war ein neuer Teilnehmer aus Australien. Von der Universität Melbourne. Er kennt sich in der Biologie der Delfine sehr gut aus. Wir kamen zufällig auf Wale zu sprechen, mit Delfinen hatten wir angefangen. Und dieses Gespräch – du magst das komisch finden – hat uns einander sehr nahe gebracht. Die Wissenschaft, meinte er, kann das Phänomen des Gruppenselbstmords der Wale bis heute nicht erklären.«

»Wenn sie sich ans Ufer werfen, meinst du das?«

»Genau das. Was veranlasst Wale, die noch bei Kräften, hoffentlich auch bei Verstand sind, mir nichts, dir nichts, als hätten sie sich verabredet, bei Nacht ans Ufer heranzuschwimmen und sich auf Sandbänke zu werfen, um fußhoch im Wasser liegen zu bleiben und zu krepieren? Ja, sie bleiben einfach liegen, unternehmen keinen Versuch, sich zum Ozean zurückzuwälzen, was ohnehin so unmöglich ist wie das Versetzen eines Berges. Und die Wale gehen zugrunde. Wie soll man das verstehen? Wie lässt sich so ein Verhalten deuten?«

Jessie unterbrach ihn, ihre Augen glänzten. »Wie oft hat man darüber in Zeitungen geschrieben! Dein Australier weiß also, woher das kommt?«

»Das ist es eben. Dieses Phänomen der Natur, der Selbstmord der Wale, widerspricht einem fundamentalen Naturgesetz, nämlich dem Selbsterhaltungstrieb, also dem Gesetz der Spezies, sich zu vermehren. Das heißt – die Wale sterben der Natur zum Trotz. Solch ein Verhalten gibt es nicht einmal unter Ameisen ...«

»Dafür umso mehr unter Menschen«, warf sie ein.

»Nein, nein, das ist etwas völlig anderes. Darum geht es nicht. Da zeigt sich ein ganz und gar anderes Bild, Jessie.«

»Meinst du das im Ernst, oder willst du mich wieder hochnehmen?«

»Ganz ernsthaft! Ob dieser Australier Sheldrake das Geheimnis kennt? Ja, er weiß etwas, was andere nicht wissen und sich nicht einmal vorstellen können. Der Delfinologe erzählte mir wahre Wunder. Es ist keine logische Schlussfolgerung, nichts Reales oder anschaulich Beweisbares. Ich möchte sagen, das ist eher eine philosophisch-ethische Vision. Ja, ja, du lächelst, aber du wirst dich noch wundern. Mein australischer Delfinologe führt die Version eines Weltplans ins Feld. Verstehst du? Unter allen Säugetieren sind die Wale, neben den Delfinen natürlich, die intelligentesten Wesen. Sie verfügen über keine Sprache, und das macht die vorerst unüberwindbare Barriere zwischen ihnen und uns aus.«

»Mein Gott, du hältst ständig wissenschaftliche Vorträge,

Robert, erlaube mal – ich begreife nicht ganz, von welchem philosophisch-ethischen Hintergrund da die Rede sein soll? Sogar eine bescheidene Cellistin wie ich kann noch unterscheiden, was seriös ist und was nicht.«

»Hör mich doch erst an. Mein Australier Sheldrake ist zu einem erschütternden Fazit gelangt. Er interpretiert den Akt des Gruppenselbstmords bei Walen als eine Reaktion der Weltvernunft auf die irdischen Geschehnisse.«

»Das ist doch reine Fantastik, Robert!«

»Sag das nicht, nein, sag das nicht! Und selbst wenn es so wäre. Ich bin von dieser Entdeckung gepackt. Ich habe oft darüber nachgedacht. Jedes Mal, wenn das Fernsehen die Kadaver der Wale, die sich ans Ufer geworfen hatten, zeigte, hat mich das in höchstem Maß erstaunt. Ich träume häufig von Walen, die im Ozean schwimmen. Unterbrich mich jetzt nicht! Der Australier griff den Gedanken auf wie einen Funken, der mich erst recht entflammte. Mein Delfinologe sieht im Selbstmord der Wale eine radikale Ausdrucksform der Weltvernunft. Aber was ist das? Was soll ausgedrückt werden? Die Wale leben im Ozean und wir auf dem Festland. So ist es doch wohl! Nein, das ist kein Rätsel. Vielleicht wird hier auf geheime Art und Weise der Mensch getestet, der das Recht beansprucht, Träger der Weltvernunft zu sein. Eigentlich scheint uns, den Menschen, das absolute Privileg auf die Vernunft und eine universelle Mission gegeben zu sein. Wenn wir uns aber nicht vervollkommnen können und unfähig sind, das Universum aktiv zu erfassen – das wird uns doch abverlangt, dafür sind wir doch in dieser Welt! –, bleiben wir letzten Endes kosmische Parasiten, die ihrer Bestimmung nicht gerecht werden. Schlicht gesagt – Versager.

Doch verzeih mir, ich bin abgeschweift. Ich wollte lediglich sagen: Was uns, dem Menschengeschlecht, gegeben ist, wird uns auch abverlangt. Und der Auftrag lautet: Erschafft und entwickelt ein Dasein in Harmonie! Das umfasst alles, was von uns und unserem Wirken ausgeht, ob in Gedanken oder in Taten. Harmonie des Seins! Aber wie viel an großen und nichtigen Gedanken, an Schadenfreude und Gemeinheiten kommt in uns auf Schritt und Tritt zum Vorschein, denn Harmonie bedeutet ja zudem, nicht auszuufern, sich selbst zu beschränken. Hier tritt nun das Gewissen auf den Plan, das jeder zu allen Zeiten schlau und auf jeweils eigene Weise deutet. Jeder redet sich selbst ein, wann und wie was zu tun sei – dies ist die unfehlbare Stimme des Gewissens –, vor sich selbst, vor der Natur und der Geschichte, vor der künftigen Welt und schließlich vor Gott, der uns geschaffen hat und den wir erschaffen.«

»Robert! An dir ist wahrhaftig ein Prophet verloren gegangen, du hättest im Mittelalter leben sollen. Wie im Oratorium: ›Dir ist aufgetragen, unter den Menschen mit glühenden Augen zu verkünden!‹ Aber die Inquisitoren hätten dich wegen deiner Ketzerei auf dem Scheiterhaufen verbrannt! Gott erschaffen? Das hätten sie dich gefragt!«

»Da sieh mal einer an! Auch du, Jessie, pedantisch wie ein Dogmatiker. Mich verbrennen? Unmöglich. Erschaffen lässt sich doch nur mit dem Wort. Dafür ist es uns gegeben. Alles, was in und mit uns geschieht, wird durch das Wort entschieden. Die Brücke über dem Fluss war anfänglich im Wort. Ich gehe noch weiter. Das Wort ist das Potenzial des Ewigen in uns. Wir sterben, aber das Wort bleibt. Und deshalb heißt es, Gott sei das Wort. So treibt uns das Wort um – auf den Flügeln des Wortes fliegen wir in die Ewigkeit, oder das Notwendige zügelt das Wort und spannt uns wie Maultiere ein. Aber ich meine etwas anderes, das diametral Entgegengesetzte, ich denke an den ursprünglichen Zustand, in dem das Wort fehlt. Und das ist die ganze Natur. Zum Beispiel die Wale. Tragische Geschöpfe in dieser Hinsicht. Ohne zu sprechen, verfügen sie über eine einzigartige Intuition, ja eine besondere Entwicklungsstufe des Denkens und des Geistes, eben das, was man als das ›Energoinformationsbiopol‹ bezeichnet. Das lässt sich zumindest anhand ihrer jüngeren Brüder, an den Delfinen, feststellen.«

»Bei Delfinen wundere ich mich immer wieder, wie klug sie sind. Vielleicht ist dir tatsächlich ein Licht aufgegangen, Robert!«

»Mag schon sein.« Robert Bork verstummte. »Verstehst du«, fuhr er fort, »ich kann nur über meine eigenen Schlussfolgerungen sprechen. Ich persönlich stelle mir vor, dass die Energien des bewohnten Festlands sich auf die Wale übertragen, gleichsam als Informationsaustausch zwischen den Substanzen. Wale sind einzigartige lebende Radaranlagen im Ozean, sie fangen unterschwellige kosmische Signale auf, vielleicht erfahren die Wale zuerst, wann ein Vulkan ausbricht, und brüllen lautlos wegen des Drucks der innerirdischen Energie. Aber am tragischsten für sie, die sturmerprobten Geschöpfe, denen kein Ozeanriese gleichkommt, furchtbar wird es, wenn die Signale menschlicher Herkunft auf diese lebenden Radare herabstürzen, wenn also der Energiestrom von Missetaten, die Menschen unter Menschen anrichten, eine für uns unfassbare Gleichgewichtsstörung erzeugt. Das dürfte die qualvollste Prüfung für die Wale sein, wie der Föhn, der die Psyche der Bergbewohner erschöpft, du weißt ja, wovon ich rede, vom Wind, der von den Bergen her weht, darüber ist ja viel geschrieben worden. Ein Vulkan mag furchtbar sein, aber er bricht aus, danach beruhigt er sich und erlischt wieder. Doch die Stürme der Menschen legen sich nie. Darum geht es eigentlich. Unser Leben ist so angelegt. An Tugend mangelt es immer, das Böse gibt es im Überfluss. Stell dir das so vor: Wenn sich auf der Erde etwas vollzieht, was wir in uns nicht mehr stoppen können und dafür sogar im Dunkel der Seele und in Bruchstücken des Bewusstseins eine Rechtfertigung finden, wenn wir töten, foltern, unterdrücken und uns selbst das Leben zur Hölle machen, schwimmen die Wale aus Verzweiflung und Angst – zu uns. Weil die Weltvernunft (das sind wir) unterzugehen und sich selbst auszulöschen droht. Sie fürchten das intuitiv. Das erschreckt wohl jede Kreatur, völlig sprachlos angesichts des Weltuntergangs. Warum verlassen denn die scheinbar unheimlichen Ratten das sinkende Schiff? Was glaubst du?

Den Walen fehlt die Gabe zu sprechen, sie können also ihre Impulse nicht artikulieren, aber sie leiden unsertwegen ungeheuerlich, und wie sie das drückt, fast erstickt und von innen her zerreißt, so suchen sie nach einer Entladung, nach einem Exodus. Versteh doch, wie qualvoll das ist! Erinnerst du dich an die Geschichte mit dem tauben Mädchen, die uns jemand erzählt hat? Ein Schurke von Vater hatte die Mutter umgebracht, die Tochter war außer sich geraten und auf die Straße gerannt, konnte aber den Menschen nicht erklären, was sie erlebt hatte, deshalb wollte sie sich unter die Straßenbahn stürzen. So ähnlich, nur in kosmischen Dimensionen, muss man sich das Geschehen mit den Walen vorstellen. Standhaft ertragen sie im Ozean die alarmierenden telepathischen Wellen, wenn Wälder in Flammen stehen, ich male mir lebhaft aus, wie sie in den Tiefen der Meere erzittern, wenn Gebirge abrutschen und Bergstürze ganze Dörfer zermalmen, all das lässt sie erbeben, doch die Quälereien und Gräueltaten der Menschen sind am extremsten und unausrottbar. Und das verkraften sie nicht mehr, verstehst du? Der Druck unserer Verderben bringenden Leidenschaften ist zu groß.

Denken wir überhaupt an die Vernunft, die uns Menschen anvertraut ist? An den Nährboden, vielmehr die Gestalt der Ewigkeit? Ich bezweifle das. Mitten unter uns finden Explosionen von Angst und Bösartigkeit statt, strahlen unsichtbar ab und breiten sich in alle Welt aus; sie zerstören die kosmische Gerechtigkeit, die Harmonie des Seins wird entstellt – und da halten es die Wale nicht mehr länger aus, sie schwimmen zu den Ufern, stürzen und werfen sich ins Verderben, sie begehen Selbstmord, damit wir es erfahren ... Und mitten über dem Atlantik sehe ich unter den Flügeln der Maschine eine Herde Wale. Zunächst bin ich erstarrt, als ich erkannte, wie zielstrebig sie im Keil der Kraniche die Wellen durchpflügten. Mir stockte der Atem, und gleichzeitig fragte ich mich, wohin zieht es sie, welche Kraft treibt sie an, wohin nur und wozu?«

»Jetzt verstehe ich, warum du aus heiterem Himmel angerufen hast«, unterbrach ihn Jessie. »Ich kapierte einfach nicht, woher und wie und welche Wale, ja, was sich da abspielte. Nachdem du dir so etwas eingebildet hast, musstest du natürlich telefonieren.«

»Ich glaube nicht, dass ich nur fantasierte.«

»Na, na!« Die Frau lächelte nachsichtig. »Mein lieber Futurologe!« Sie sah ihn etwas ironisch an. »Das kommt bei dir schon mal vor. Immerhin interessant, sogar sehr, das muss man zugeben. In der Tat eine eigentümliche Form des Protests. Die Wale im Ozean und wir auf dem Festland. Übrigens müssen wir tanken, Robert. Das Benzin geht aus, sieh mal! Wir rasen über die Autobahn und orakeln über Wale.«

Robert Bork spürte, wie ihn plötzlich Müdigkeit überkam … Doch in der Nacht, als Jessie schlief, saß er am Computer, Gedanken der Unruhe, Sorge und Hoffnung wechselten sich unablässig ab. Und wieder schwamm er inmitten der Wale, und die Wale im Ozean wussten, dass er mit ihnen schwamm. Die Walherde schimmerte perlmuttfarben im spielenden Mondlicht und schwamm beharrlich und unaufhaltsam dahin. Wohin schwammen sie nur? Was zog sie an? Was trieb sie weiter? Und was wollte ihnen der Leuchtturm vor dem dunklen Abgrund sagen? Der Leuchtturm vor dem Steilufer, der sich in den Strömungen des Wassers und in den unfasslichen Blitzen der Walaugen spiegelt? Wohin zog es sie nur? Die Wale hatten es eilig, auf der Erde war also etwas geschehen, und sie mussten rechtzeitig ihr Ziel erreichen. Die Wellen türmen sich ihnen, Berg um Berg, entgegen, das Wasser brodelt, verschwendet und erneuert die Energie des Ozeans in einem, und die Wale schwimmen und schwimmen. Alsbald ist er mitten unter ihnen. Der Ozean zerfließt im Dunkel mit dem blinkenden Licht des Monitors, der gleichzeitig den fernen Weltraum in einer Einheit des Ewigen in sich birgt und seinen Ausdruck im Wort findet.

Mit ihnen allen unter einem Himmel

Nachwort von Irmtraud Gutschke

Er ist mit Tieren aufgewachsen. In immer stärkerem Maß prägten sie die Literatur von Tschingis Aitmatow (1928–2008), gaben ihr eine besondere Poesie und geistige Weite. Die Kirgisen, zumal im Norden, waren seit alters her Nomaden, lebten von der Viehzucht. Mit der Großmutter erlebte der Junge noch den Auftrieb zu den Sommerweiden, von ihr hörte er Märchen und Legenden, die später sein literarisches Werk so besonders machen sollten.

Auch mit seinen Eltern war er als Kind oft unterwegs. Vornehmlich im Süden Kirgisiens bekleidete sein Vater Torekul Aitmatow wichtige staatliche Funktionen, und auch seine Mutter Nagima, gebürtige Tatarin, wie man inzwischen weiß, war politisch aktiv. Eine Zeit lang wohnte die Familie sogar in Moskau, wo der Vater am Institut der Roten Professur auf eine weitere Parteikarriere vorbereitet werden sollte. Doch im August 1937 setzte er Frau und Kinder eilig in einen Zug nach Kirgisien. Sie wenigstens sollten in Zeiten des »Großen Terrors« unter Stalin in Sicherheit sein. Im Dezember 1937 wurde Torekul Aitmatow in Moskau unter der Anschuldigung »bürgerlicher Nationalismus« verhaftet und nach Kirgisien überstellt. Seiner Frau wurde viel später nach mehreren Anfragen mitgeteilt, dass er zu zehn Jahren Lagerhaft ohne Recht auf Briefwechsel verurteilt worden war. Sie wusste nicht, dass diese Floskel oft ein Todesurteil kaschierte. Als sie 1957 zusammen mit einer postumen Rehabilitierung die Todesnachricht erhielt, waren Ort, Grund und Zeitpunkt immer noch nicht klar. Erst 1991 wurde nahe der kirgisischen Hauptstadt ein Massengrab von 137 Erschossenen gefunden. Torekul Aitmatow konnte identifiziert werden, weil sich in der Brusttasche des Toten das Urteil fand.

Tschingis war neun, als er den geliebten Vater zum letzten Mal sah. Kleine Jungen, die sich nach dem Vater sehnen, gab es später immer wieder in seinem Werk. Als Ältestem von vier Kindern war ihm früh große Verantwortung aufgeladen, denn die Mutter war oft krank. Die Zeit in Scheker, die Jahre des Krieges mit Tod und Entbehrungen, grundiert von den Sehnsüchten des Heranwachsenden, hat er später als sein literarisches »Grundkapital« bezeichnet. Viele Gestalten seiner Werke haben dort wirklich gelebt, auch das Pferd Gülsary hat es gegeben. Zum »Grundkapital« gehörte wohl auch das vertiefte Wissen über Tiere. Denn nachdem er 1953 das Zootechnikum im nahe gelegenen Dshambul mit Auszeichnung absolviert hatte, konnte er am Kirgisischen Landwirtschaftsinstitut in Frunse studieren. Als Sohn eines »Volksfeinds« wurde ihm eine wissenschaftliche Laufbahn verwehrt. Immerhin verschaffte ihm sein Professor eine Stelle als oberster Zootechniker im Kirgisischen Forschungsinstitut für Viehzucht. Im Band *Kindheit in Kirgisien* (1998) sind sogar einige seiner wissenschaftlichen Aufsätze enthalten. Aber schon während des Studiums zog es ihn zu literarischen Texten, zumal er von Kindheit an ein begeisterter Leser war. In seinem näheren Umfeld wurde Kirgisisch gesprochen, doch war er durch seine Eltern mit der russischen Sprache und Literatur aufgewachsen. Er begann mit Übersetzungen aus dem Kirgisischen ins Russische. Ab 1952 veröffentlichte er Zeitungsartikel, aber auch schon erste Erzählungen. 1956 wurde er ans Literaturinstitut »Maxim Gorki« nach Moskau delegiert. Und mit seiner Abschlussarbeit dort, der Novelle *Dshamilja* (1958), wurde er bereits weltberühmt.

Heute ist das Werk von Tschingis Aitmatow in rund hundertfünfzig Sprachen übersetzt, zahlreiche Verfilmungen gibt es, Theaterstücke und sogar Ballette nach seinen literarischen Vorlagen. Fünf Romane sowie ein Dutzend Erzählungen und Novellen – alles ist in deutscher Übersetzung verfügbar. Aber auch wer es kennt, mag in diesem Band neue Facetten für sich entdecken. Andere Zusammenhänge stellen sich her. Man ist eingeladen, etwas genauer zu betrachten, wie durch eine Lupe sozusagen, was sonst im Gewebe der Texte womöglich nicht die nötige Aufmerksamkeit fand, weil die Lektürespannung immer weiter treibt. Diese Spannung ist ja vornehmlich mit den Menschen verbunden, den literarischen Gestalten, die in Aitmatows Werken immer wieder in tragische Verwicklungen geraten wegen ihrer moralischen Unbedingtheit, die wohl auch dem Autor eigen war, die er jedenfalls als hohen Wert betrachtete. »Meiner Meinung nach muss jeder Mensch in seinem Leben wenigstens fünf Minuten Don Quijote sein. Ich meine jenes edle, helle Aufflammen, das für einen Moment den Menschen selbst erhellt und alles um ihn herum reinigt, ähnlich einer Gewitterentladung.« Diese Aussage von 1968 wird man bei ihm immer wieder bekräftigt finden. Wie sollen wir heute, unter einem ganz anderen Druck der Verhältnisse, mit solch einem Anspruch leben? Wenn in der Tiefe in jedem von uns ein Bewusstsein ist für Gut und Böse, wie weit sind wir in unserem Handeln bereit, dafür zu gehen? Und ist mit diesem moralischen Imperativ etwa das ganze Selbst erfasst?

Der Mensch unterwirft sich die Natur, und er zähmt die Tiere. Ein Pferd soll zugeritten werden, muss lernen, brav unterm Sattel zu gehen, wie sein Herr es will. Wie man das macht, haben schon die Vorväter gewusst. Wenn man in *Abschied von Gülsary* (1966) diese Szene liest, tut einem der Hengst leid – weil beschrieben ist, was er fühlt im Unvermögen, den Vorgang zu begreifen. Schon an dieser Stelle kommt eine ganz besondere künstlerische – und menschliche – Gabe Aitmatows zum Tragen: Er kann Tiere von innen heraus, aus ihrer Eigensicht, beschreiben. Damit stellt er sie uns zur Seite mit der Forderung nach Mitgefühl. Freilich, Nomaden sind ihren Pferden verbunden, doch bei allem Verständnis sind es Nutztiere für sie, die sie für die Fortbewegung brauchen, von deren Fleisch sie sich auch nähren. Wo man seit alters her vornehmlich von der Viehzucht lebte, von der Weidewirtschaft und nicht vom Ackerbau, für den es im Norden Kirgisiens kaum geeignetes Land gibt, dort ehrt man Gäste am besten, indem man ein Lämmchen schlachtet. Und zu Feiertagen gehört unbedingt ein Pferderennen.

Wie mitreißend Aitmatow in der ersten Geschichte dieses Bandes solche Reiterspiele beschrieben hat! Mensch und Pferd sind gleichsam miteinander verwachsen im Rausch des Rennens, das ja kriegerische Erfahrungen zum Hintergrund hat. »Staub lag in der Luft, Stimmen schwirrten, dort stürzte ein Pferd, hier flog ein Reiter über den Kopf seines Tieres, ein anderer versuchte hinkend, sein Pferd einzufangen. Alle hatte die Wettkampfbegeisterung und -leidenschaft gepackt. Im Spiel ist niemand verantwortlich ...« – Im Alltag aber schon, setzt man in Gedanken hinzu. Da zähmt die Zivilisation mit ihren jeweiligen Regeln den Menschen, da soll er sozusagen Herr des Naturwesens sein, das auch in ihm selbst steckt. Wie schwierig das ist, kommt in besagter Szene zum Ausdruck. Und, so die Aussage des ganzen Romans *Gülsary:* Eine Revolution, die ihre Tiergefährten nicht respektiert, befleckt sich.

Der Passgänger ist geradlinig. Nach dem Sieg im Rennen will er zu jener Frau, deren Nähe sein Herr doch immer sucht, aber der zieht ihn weg, weil das in der Öffentlichkeit nicht geht. Als das Fest vorbei ist, in der folgenden Nacht, treibt es den Hengst zur Herde. Indes mitten im Fluss reißt der Herr hart am Zügel und wendet. Jetzt oder nie. Und Bübüdshans »Augen flammten auf und erloschen wie die Steine auf dem Grund einer mondbeschienenen Tränke«.

In Bübüdshan verbirgt sich eine reale Frau. Bjubjusara Bejschenaliewa, die erste Primaballerina des kirgisischen Balletts, hatte Aitmatow 1959 in Leningrad kennengelernt, als er sich mit *Dshamilja* schon einen Namen gemacht hatte. Sie wussten gleich, dass sie füreinander bestimmt waren. Aber er war schon verheiratet und hatte zwei Söhne. Seine Frau Keres Schamschibajewa, eine hoch geachtete Ärztin, würde von seiner Leidenschaft erfahren, Verwandte und Bekannte würden sich empören. Doch er wird an dieser Liebe festhalten. Sie beflügelte ihn auch künstlerisch. In kurzen Abständen erschienen seine Werke *Das Kamelauge* (1961), *Der erste Lehrer* (1962), *Goldspur der Garben* (1963),

Abschied von Gülsary (1966) und dann mit *Der weiße Dampfer* (1970) ein Werk, das ganz neue Wege zu gehen schien und in der literarischen Öffentlichkeit für heftige Diskussionen sorgte. Denn hier »verwandelt« sich ein kleiner Junge in einen Fisch, um zum Vater zu schwimmen. Handlungsort war eine entlegene Försterei, doch Habgier und Willkür wie dort, so las man heraus, gab es vielerorts im Land. Gesellschaftskritik – vielleicht hat sich Aitmatow mehr davon leisten können als andere, weil er inzwischen berühmt geworden war. 1963 hatte er den Leninpreis, 1968 zum ersten Mal den Staatspreis der UdSSR erhalten. Auch später würde es immer wieder hohe Auszeichnungen geben, Liebe und Erfolg ließen ihn aufblühen. Als Bjubjusara 1973 an Brustkrebs starb, war das ein Einschnitt für ihn, der ihn gewiss tief zeichnete.

Immerhin, vierzehn Jahre hatten sie zusammen. Tanabai hatte mit seiner Bübüdshan nicht mal einen Sommer. Bei einem Gewitter wurde die Romanze entdeckt, er musste sie beenden. Das Motiv der tragischen Liebe beim Menschen wie beim Tier zieht sich weiter durch das Werk. Edige aus dem Roman *Ein Tag länger als ein Leben* (1981) ist seiner Saripa kaum näher gekommen als durch eine Umarmung. Er hegte tiefe Gefühle für sie, wollte nach dem Verlust ihres Mannes auch ihren Kindern den Vater ersetzen. Wie stellte er sich das praktisch vor: mit zwei Familien zu leben? Saripa erlöst ihn aus seinem Dilemma, indem sie die Siedlung verlässt. Aber diese Liebe ist so vom Autor mit durchlebt und geschildert, dass man beim Lesen gegen die »saubere Lösung« revoltiert. Bei einer Veranstaltung 1983 im Berliner Palast der Republik wurde eine Frage an den Schriftsteller aus dem Publikum mit besonderer Zustimmung aufgenommen: Musste denn Saripa wegfahren? Haben Sie an keine andere Lösung gedacht? Aitmatow gab zu, dass er ähnliche Überlegungen angestellt habe. Er sei allerdings der Meinung, Menschen in Ediges Alter müssten sich zu vernünftigen Entscheidungen durchringen können. Aber nicht Edige hat doch entschieden. Der Autor tat es durch Saripa über seinen Kopf hinweg.

Was vor diesem Hintergrund alles in Ediges Kamel Karanar steckt an Kraft, Trotz und an Tragik! Als Edige den Hengst gewaltsam von den Stuten trennt, weiß er, dass er eigentlich kein Recht dazu hat, und er sieht in den Augen des Tieres »sein eigenes Abbild, deutlich wie in einem Spiegel … Ein unmenschlicher Ausdruck verzerrte sein erhitztes, schweißnasses Gesicht.« Fast könnte er ja den Hengst beneiden, der so eins ist mit seinem »Geschrei und Gewese«, während er wie besinnungslos auf ihn einschlägt, als könnte er sich damit ablenken vom Schmerz über den Verlust seiner Liebe. Karanar rennt zurück zu den Stuten – und kehrt nach einiger Zeit heim als Schatten seiner selbst. Täusche ich mich, wenn ich auch ein Quäntchen Selbstironie in diesem Bild erkenne?

Karanar ist mehr als nur Symbol, er ist vor allem ein besonders schönes, kraftvolles Kamel, das uns der Autor im Innersten nahebringt. In diesem »Verstehen« des Tiers gründet die poetische Aura seiner Texte. Diese Fähigkeit entwickelte er immer weiter. Man staunt, wie liebevoll er im Roman *Der Richtplatz* (1986) mit den Wölfen umgeht, die doch als die angestammten Feinde der Hirten gelten. In Erinnerung ist noch, wie Tanabai in *Abschied von Gülsary* durch Schüsse die Wölfe abwehrt. Und in *Der erste Lehrer* muss Duischen in einer Winternacht gar vor hungrigen

Wölfen flüchten. Hier aber ist das Verhältnis umgekehrt, sind die Menschen die Verfolger – vielleicht, weil sie es nur wie zum Spaß sind, während einer Zugabe zur maschinellen Jagd auf Saigaantilopen. Da treffen uns die Schüsse auf die Wölfe im Roman, als ob sie unsresgleichen gelten würden.

Hat Aitmatow die Wölfin Akbara vermenschlicht? Kann sie nicht diese Gedanken und Gefühle haben, die er ihr zuschreibt? Man darf davon ausgehen, dass er viele Sachbücher über Tiere gelesen hat. Überhaupt interessierte er sich für natur- und geisteswissenschaftliche Erkenntnisse. Die Verhaltensforschung hat nachgewiesen, dass Tiere über Bewusstsein verfügen, empathisch und leidensfähig sind, sich auf vielfältige Weise miteinander verständigen können. Wir Menschen aber haben sie verdinglicht, um über sie zu verfügen. Wenn Aitmatows Verhältnis zum Tier sich in vielem von seiner diesbezüglich unsentimentalen Umgebung unterschied, finden sich gleichzeitig auch Bezüge zur Tradition. Wie bei vielen Nomadenvölkern hat jeder kirgisische Stamm ein Totemtier – Wolf, Hirschkuh, Bergschaf, Bergadler, Uhu –, zu dem es eine mythisch verwandtschaftliche Beziehung gibt.

In besonderem Maße gilt das für den Schneeleoparden. Fast unerreichbar für den Menschen, weil er im ewigen Eis im Hochgebirge lebt, gilt er in ganz Mittelasien bis hin nach Tatarstan und China als Krafttier, mit dessen spiritueller Hilfe der Mensch immer wieder Hindernisse überwinden und den inneren Dämon besiegen kann. Ein geradezu heiliges Wesen, das heute vom Aussterben bedroht ist – durch die lukrative Pelzjagd und auch dadurch, dass der Mensch inzwischen ein hochgerüsteter Jagdkonkurrent ist. Was Aitmatow in seinem Roman *Der Schneeleopard* (2006) beschreibt, dass sich in Kirgisien – vor dem Hintergrund verbreiteter Armut – bereits ein Jagdtourismus entwickelt hat, entspricht den Tatsachen. In weiten Teilen handelt der Roman von der Ohnmacht, sich gegen den Einbruch eines entfesselten Kapitalismus zu stemmen, den es vor Jahren so nicht gab. Des Autors eigener Schmerz schreit aus dem Buch. Nach dem Zerfall der Sowjetunion war er, obwohl aufs Höchste geachtet, auf seine engere Heimat Kirgisien und ihre Turbulenzen zurückgeworfen. Immerhin konnte er von 1990 bis 2008 als Botschafter in Luxemburg und Brüssel in etwas ruhigeren Gewässern leben. Rief er in dieser neuen Weltkonstellation den Schneeleoparden herbei, weil er Hilfe brauchte gegen Bitterkeit und Schwäche?

Gerade im hier abgedruckten Anfangsbild des Romans hat er noch einmal ein großes Liebeslied gesungen, das zugleich ein tragischer Abgesang ist, weil den alten Schneeleoparden die Kräfte verlassen haben. Noch nie zuvor hatte Aitmatow solche überwältigenden Liebesszenen gemalt. Wie der Leopard mit seiner »Barsin« darf dann auch der gedemütigte Journalist Arsen Samantschin mit seiner Elesa eine Ekstase erleben, wie sie der Autor in früheren Romanen nur angedeutet hat. Miteinander auf der Erde lagen sie, ineinander verschlungen, und der »Himmel schmiegte sich an sie beide und ergötzte sich an ihnen …«.

Da ist es wieder, das Motiv des Menschen zwischen Mutter Erde und dem Herrn des blauen Himmels, den alle alten Nomadenvölker kennen. Tengri: In der Erzählung *Die Klage des Zugvogels,* die 1972 als Fragment eines Romans in der Zeitung *Literaturnaja Gaseta* erschien, fällt eine Mutter am See Issyk-Kul vor diesem Gott auf die Knie, um Hilfe für ihre Familie zu erflehen und für ihr Volk. Die später verfilmte Geschichte handelt im 17. Jahrhundert, als sich die Kirgisen der Oiraten zu erwehren hatten. Und über dem Kampfgetümmel kreisen die Zugvögel, die von oben alles sehen, aber nicht eingreifen können. Da bezieht sich die Klage des Zugvogels auf die ganze Welt: »Ich fliege und weine/fliege und weine/fliege und weine. Ich beschwöre Menschen und Götter:/Bedenkt, was ihr tut,/dass ihr unbedacht nicht die Erde vernichtet!«

Dabei könnten die Kraniche Glück bringen, wie in der Erzählung *Frühe Kraniche* beschrieben. Gern versetzt sich der Autor in Vögel hinein, die von oben die Welt überblicken, wie er es selbst gern wollte. Der Blick von oben auf die Erde ist zudem eine alte schamanische Vision. Vögel kreisen über den Romanen *Ein Tag länger als ein Leben* und *Der Richtplatz*. Sie beobachten alles und tragen es weiter. Da erscheinen die Tiere als die klügeren, weil älteren Wesen. Als einst die ganze Erde noch von Wasser bedeckt war, soll es laut einer Legende der Niwchen eine Ente gewesen sein, der wir das Festland verdanken. Die Ente Luwr riss sich die Federn aus, damit ein Nest für ihr Ei entstand. *Der Junge und das Meer* (1977) gehört für mich zu den schönsten Texten Aitmatows. Das tragische Ende von *Der weiße Dampfer* wird gleichsam umgekehrt: Ein Kind bleibt am Leben, weil seine Angehörigen sich opfern. Im ergreifend geschilderten Vorgang steckt eine Parabel von menschheitlicher Dimension.

»Unsere Lage möchte ich mit einem möglicherweise etwas langatmigen Gleichnis charakterisieren«, erklärte der Schriftsteller in einem Gespräch. »Wenn mehrere Menschen ins Meer gestürzt sind, und jeder klammert sich nur an seinen Balken, dann sind sie zum Tode verurteilt. Sie müssen sich vereinen und die Balken zum Floß verbinden. Dann wird ihre Überlebenschance größer. Machen sie sich aber die Balken gegenseitig streitig, dann verlieren alle die Aussicht auf Rettung.« Hier klang jenes Thema schon an, das zunehmend sein Schreiben prägen sollte: der Ruf nach einem planetarischen Bewusstsein. Dem hat er mit seinem Schaffen wie auch mit seinem gesellschaftlichen Engagement zum Durchbruch verhelfen wollen.

Damals wie heute höchst aktuell ist die Frage, wie Staaten zu Übereinkünften kommen können, damit sich ein kriegerischer Zusammenstoß nicht zum Weltbrand entwickelt, wie atomare Rüstung kontrolliert, gar beendet werden kann. Untrennbar damit verbunden war für Aitmatow allerdings ein Weltverständnis, das alle Geschöpfe unter einem Himmel sieht. Die Erde, die Menschen, die Tiere miteinander verbunden, in einem System des Gleichgewichts sozusagen, in dem es ständige Wechselwirkungen gibt.

Schon in *Abschied von Gülsary* fand sich die Geschichte vom Jäger Karagul und der Grauen Ziege Sur Etchki, in der Aitmatow Motive aus dem Poem »Karagulbotom« mit der Legende »Kodshodshasch« verband. Tanabai weinte, als sein Freund gestorben war, bevor er sich hätte mit ihm versöhnen können, und seine Frau Dshaidar sang ihm das Klagelied des alten Jägers, der seinen Sohn hatte töten müssen, weil es für diesen auf einem unzugänglichen Felsvorsprung kein Vor und Zurück mehr gab. Im Gespräch mit dem buddhistischen Philosophen Daisaku Ikeda 1990 hat Aitmatow die Legende noch einmal erzählt. Wobei der Unglückliche hier nicht Karagul, sondern Kosdhodshasch heißt und keinen Vater hat, der ihn von seinem Leiden erlöst. Wir lassen ihn klagend zurück, nachdem er eine ganze Herde von

Bergziegen erlegte und auch den Graubock nicht schonte. Weil er ihr Flehen nicht erhörte, hat ihn die Grauziege in schwindelerregende Höhen gelockt, auf einen schmalen Absatz über dem Abgrund. Auch die Menschheit könnte in ihrem rücksichtslosen Streben nach Höher und Mehr an solch einem Punkt ankommen.

Es gibt allerdings eine Variante der ursprünglichen Überlieferung (wahrscheinlich existiert sie nur in Varianten), in der Kodshodshasch einen jungen Steinbock schont, weil der Gott der grasfressenden Tiere, der Große Kaiberen, ihn an das heilige Gesetz der Ahnen gemahnt: Nie dürfe man Tiere aus Vergnügen töten. Gerade Muttertiere und ihre Jungen bedürften der Schonung, anderenfalls würden sich die Menschen ihrer künftigen Beute berauben und selbst sterben.

Bei Aitmatow wird aus der freundlichen Warnung tragische Ausweglosigkeit. Alarmstimmung: »Reicht der Körper des Planeten für den Konsum der Menschheit überhaupt aus? Haben sich die Menschen unter allen anderen Lebewesen nicht als die gefräßigste und verderblichste Art erwiesen? Droht der völlige Bankrott unserer Lebensweise? Oder gar der Untergang im Wahnsinn einer Weltkatastrophe?« Aitmatow sah den Zerfall der Sowjetunion, als er diese Gespräche mit Ikeda führte. Er hatte blutige nationalistische Zusammenstöße im Süden Kirgisiens erlebt. Mit der Perestroika verbundene Hoffnungen hatten sich als Illusionen erwiesen. Nun ständig in der Rolle des Warnenden, muss er fürchten, dass ihn niemand erhört und dass er vom Einzelnen vielleicht zu viel verlangt. »Wie soll denn jeder Mensch die Bürde der Verantwortung für das Schicksal der gesamten Menschheit tragen?«

Weil sie diese Fragen an uns richten, entfalten seine Werke ihre Tiefenwirkung. Weil er starke Charaktere zeichnet, die an sich selbst diese Forderung stellen. Jeder Zweifel daran würde sie schwach machen, aber sie müssen an ihrem Rigorismus zerbrechen. Mit diesem Zwiespalt ringen die Hauptgestalten seiner späten Romane – von Awdij Kallistratow in *Der Richtplatz* bis zu Arsen Samantschin in *Der Schneeleopard*. Im Roman *Das Kassandramal* (1994) ist das Dilemma der Hybris in zwei Gestalten verkörpert: dem amerikanischen Futurologen Robert Bork und dem russischen »Weltraummönch« Filofej, der früher unter dem Namen Andrej Krylzow an genetischen Experimenten zur Erschaffung des »Neuen Menschen« teilgenommen hat. Beide fühlen sie sich als Prediger im »Auftrag der Schöpfung«. Der eine sieht im Selbstmord der Wale die Bestätigung für seine düsteren Zukunftsvisionen, der andere hat mithilfe eines Strahlenschirms um die Erde auf der Stirn schwangerer Frauen ein »Kassandramal« sichtbar gemacht. Dieser leuchtend rote Fleck signalisiert die Angst und Weigerung des Embryos, auf diese Welt zu kommen. Überall protestieren Frauen dagegen, es kommt zur Gewalt.

Das Kassandramal ist das am stärksten mystisch geprägte Werk Aitmatows. Seine Begriffe von der »Weltvernunft« oder »Harmonie des Seins« sind hier unterlegt mit den Thesen des australischen Biologen Rupert Sheldrake. Dass alle Lebewesen und Dinge dank »morphischer Felder« weltweit miteinander in Verbindung stehen, meinte dieser sogar durch Experimente beweisen zu können. Sah Aitmatow darin Anklänge an sein eigenes Bild von Mensch, Tier und Umwelt? Ins materialistische Weltbild passt das nicht, entsprechend erntet Robert Bork von seiner Frau

Jessie Skepsis. Aber das Bild der dem Festland zustrebenden Wale ist als Menetekel gezeichnet, als drohendes Unheil, wenn alles so weiterläuft wie bisher. Der moralische Appell, von dem Aitmatows Gesamtschaffen lebt, wird hier zum menschheitlichen. Und zugleich atmet dieser Roman eine Rätselhaftigkeit, die verstört. Doch gab es solch ein geheimnisvolles Etwas bei ihm nicht schon lange? In früheren Texten lag es nur nicht so offen ausgedrückt zutage.

Aitmatows Werk ist wie ein riesiges Gebirge, in dem man immer wieder neue Aufstiege, Ausblicke und Schluchten entdeckt. So möge diese Sammlung Lust auf eigene Entdeckungen machen. Die Erzählungen und Romane wieder – oder erstmals – in Gänze zu lesen, unvergessliche Erlebnisse sind damit versprochen. Ein Schriftsteller von Weltgeltung, dessen Werk sich nicht ins Vergangene rücken lässt. Er ist von uns gegangen – und er kommt uns entgegen.

Dr. Irmtraud Gutschke, geboren 1950 in Chemnitz, wurde nach dem Studium der Slawistik und Anglistik Redakteurin für Auslandsliteratur bei der Tageszeitung *Neues Deutschland* und ist seit 2019 freiberufliche Autorin.

Seit ihrer Studentenzeit in Jena hat sie sich mit dem Werk Tschingis Aitmatows beschäftigt und zum Thema »Mensch und Natur im Schaffen Aitmatows« an der Humboldt-Universität zu Berlin promoviert. Als erste Ausländerin besuchte sie 1977 Aitmatows Geburtsort Scheker, in den sie jetzt auch Touristenreisen organisiert. Im gleichen Jahr traf sie den Schriftsteller erstmals persönlich. Zahlreiche Begegnungen und Gespräche – in Deutschland, aber auch in Kirgisien – schlossen sich an.

Zu Tschingis Aitmatow veröffentlichte sie 1986 den kleinen Essayband *Mythen, Märchen, Menschheitsfragen*, 2018 folgte der Band *Das Versprechen der Kraniche. Reisen in Aitmatows Welt*, der zum Hintergrund vieler Aitmatow-Veranstaltungen wurde. Seit 2019 ist Irmtraud Gutschke Mitglied der »Nationalen Akademie Manas und Aitmatow« in Bischkek.

Tschingis Aitmatow

Tschingis Aitmatow wird 1928 im Dorf Scheker im Talas-Tal in Kirgisien geboren. Seiner Großmutter hat er einen reichen Schatz an Märchen, alten Liedern, Dichtungen und Wahrheiten zu verdanken, immer wieder nimmt sie ihn zu den Sommerlagern der Nomaden mit. 1935 zieht die Familie Aitmatow nach Moskau um, wo Tschingis zur Schule geht. Sein Vater war einer der ersten kirgisischen Kommunisten auf leitendem Posten und interessierte sich lebhaft für Kultur und Literatur. Auch seine Mutter war eine gebildete und aufgeschlossene Frau. Innerhalb der Familie wurde er an die russische Sprache und Literatur herangeführt.

1937 wird sein Vater Opfer der stalinistischen Repression, und die Familie flieht zurück nach Kirgisien, wo sie unter ärmlichsten Verhältnissen ausharrt. 1942 muss Aitmatow wegen des Krieges die Schule verlassen und verschiedene Funktionen in der Verwaltung des Dorfes und des Kreises übernehmen.

Nach dem Krieg gelingt es ihm, den Schulabschluss nachzuholen. 1946 bis 1948 studiert Aitmatow an der Veterinärfachschule in Dshambul, in dieser Zeit beginnt er zu schreiben. Anschließend immatrikuliert er sich an der kirgisischen landwirtschaftlichen Hochschule in Frunse (heute: Bischkek), wo er fünf Jahre lang studiert und, nach 1951, nebenher journalistisch tätig ist. Nach Abschluss der Hochschule arbeitet Aitmatow von 1953 bis 1956 als Tierzüchter auf einer Versuchsfarm, bis er 1956 ans Maxim-Gorki-Literaturinstitut in Moskau wechselt, um dort einen zweijährigen Lehrgang für junge Autoren zu besuchen. Während dieser Zeit erscheint seine erste Erzählung *Aug in Auge*. Als Abschlussarbeit verfasst er 1958 die von Louis Aragon als »schönste Liebesgeschichte der Welt« bezeichnete Erzählung *Dshamilja,* die seinen weltweiten literarischen Ruhm begründet. Beide Erzählungen sind bei Erscheinen aus politischen Gründen heftig umstritten: *Aug in Auge* wegen der Auseinandersetzung mit der Figur eines Deserteurs; *Dshamilja* wegen der verständnisvollen Zeichnung einer Frau, die mit bestehenden Tabus bricht.

1959 wird er Chefredakteur der Zeitung *Literaturnaja Kirgizija* (Literarisches Kirgisien). Ab 1960 ist Aitmatow für die Zeitung *Prawda* als Sonderkorrespondent in Mittelasien und Kasachstan tätig. Aus den Erfahrungen dieser Jahre schöpft er später immer wieder den Stoff für seine Geschichten. 1963 wird Aitmatow mit dem Lenin-Preis für Literatur und Kunst ausgezeichnet, 1968 mit dem Staatspreis der UdSSR. Ab 1967 ist er im Redaktionsbeirat der Zeitschrift *Novyj Mir* tätig, ab 1974 zudem als Mitglied der Akademie der Wissenschaften in Kirgisien.

Bis 1965 erscheinen verschiedene Erzählungen (u. a. *Du meine Pappel im roten Kopftuch* und *Abschied von Gülsary*). Die 1970 erschienene Erzählung *Der weiße Dampfer* löst wiederum eine heftige Diskussion aus, da Aitmatow durch den Einbezug von mythischen Motiven und Erzählmustern einen neuen Stil entwickelt. Die kirgisische literarische Tradition mit ihren Epen, Sagen, Volksliedern und Legenden spielt von nun an eine wichtige Rolle in seinem Werk. 1983 erhält er den Staatspreis der UdSSR für seinen Roman *Ein Tag länger als ein Leben.*

Der Roman *Der Richtplatz* gilt als erstes literarisches Signal der Perestroika, die er an führender Stelle mitgestaltet. 1986 ruft er das internationale »Issyk-Kul-Forum« ins Leben, eine Konferenz von Wissenschaftlern, Künstlern und Politikern aus der ganzen Welt am gleichnamigen kirgisischen See. Von 1988 bis 1990 ist Aitmatow Vorsitzender des Schriftstellerverbands in Kirgisien. 1989 wird er Abgeordneter des Volksdeputiertenkongresses und des Obersten Sowjets, Ende 1989 Gorbatschows Berater.

1990 geht er als Botschafter der UdSSR nach Luxemburg. Im gleichen Jahr erscheint die Erzählung *Die weiße Wolke des Tschinggis Chan* und ein Jahr später der Dialogband *Begegnung am Fudschijama* mit Daisaku Ikeda. Von 1995 an ist er Botschafter der

Republik Kyrgiyzstan in Brüssel. 1998 erscheinen seine Erinnerungen *Kindheit in Kirgisien.* Sein letzter Roman, *Der Schneeleopard,* wird 2006 auf Deutsch veröffentlicht. Darin verbindet Aitmatow die alte kirgisische Tradition der Legendenerzählung mit der Realität des 21. Jahrhunderts.

Für sein Werk hat Aitmatow zahlreiche Auszeichnungen im In- und Ausland erhalten, unter anderem den Friedrich-Rückert-Preis (1991) und den Österreichischen Staatspreis für Literatur (1994).

Am 10. Juni 2008 verstirbt Tschingis Aitmatow im Alter von neunundsiebzig Jahren in Nürnberg.

Worterklärungen

Ail kirgisisches Dorf

Aksakal ehrerbietige Anrede für einen älteren oder höherstehenden Mann, wörtlich: Weißbärtiger

Akyn Volkssänger der Turkvölker

Aryk Bewässerungsgraben

Dshigit junger Bursche

Dubal Einfriedung kirgisischer Gehöfte, oftmals eine Lehmmauer

Hakan wie Kagan, Khan, Stammesoberhaupt der Turkvölker

Issyk-Kul Größter See in Tienschan, bildet mit seiner Uferzone ein großes Naturschutzgebiet Kirgisiens

Kantschu Riemenpeitsche

Kaschgarisch Adjektiv zu Kaschgar, der chinesischen Oasenstadt am Westrand des Tarimbeckens; Karawanenstützpunkt, Zentrum eines ausgedehnten Bewässerungsgebiets

Kelin jungverheiratete junge Frau

Komus kirgisisches dreisaitiges Zupfinstrument

Saiga bis 1,4 Meter lange Steppenantilope. »Aus einer sterbenden Art ist in drei Jahrzehnten das zahlreichste wilde Huftier der Sowjetunion geworden. Hunderttausende von Menschen decken dadurch ausschließlich ihren Fleischbedarf von Landstrichen, die sonst überhaupt nicht für Menschen zu nutzen sind.« (Dr. B. Grzimek)

Saxaul Salzsteppenstrauch, Halaxylon. Knorriges Holzgewächs in Sand- und Salzwüsten

Sowchos staatlicher landwirtschaftlicher Großbetrieb in der Sowjetunion

Tschij hochwachsendes Steppengras in Zentral- und Mittelasien

Werst alte russische Längeneinheit, entsprach 1066,80 Meter

Textnachweis

»Gülsary der Passgänger«, aus: *Abschied von Gülsary.* Deutsch von Leo Hornung. Die russische Originalausgabe erschien 1967 unter dem Titel *Proščaj, Gul'sary.* Die deutsche Erstausgabe erschien 1968 im Verlag Kultur und Fortschritt, Berlin.

»Der Kamelhengst Karanar«, aus: *Ein Tag länger als ein Leben.* Deutsch von Charlotte Kossuth. Die russische Originalausgabe erschien 1981 unter dem Titel *I dol'še veka dlitsja den'.* Die deutsche Erstausgabe erschien 1991 im Unionsverlag.

»Die Träume der Wölfin«, aus: *Der Richtplatz.* Deutsch von Friedrich Hitzer. Die russische Originalausgabe erschien 1986 unter dem Titel *Placha.* Die deutsche Erstausgabe erschien 1987 im Unionsverlag.

»Dschaa-Bars, der Schneeleopard«, aus: *Der Schneeleopard.* Deutsch von Friedrich Hitzer. Die russische Originalausgabe erschien 2006 unter dem Titel *Kogda padajut gori. Wetschnaja Newesta.* Die deutsche Erstausgabe erschien 2007 im Unionsverlag.

»Die Klage des Zugvogels«, aus: *Die Klage des Zugvogels.* Deutsch von Charlotte Kossuth. Die russische Originalausgabe erschien 1972 unter dem Titel *Plač perelëtnoj pticy.* Die deutsche Erstausgabe erschien im Verlag Volk und Welt, Berlin 1974.

»Die Ente Luwr«, aus: *Der Junge und das Meer.* Deutsch von Charlotte Kossuth. Die russische Originalausgabe erschien 1977 unter dem Titel *Pegij pës, beguščij kraem morja.* Die deutsche Erstausgabe erschien 1978 unter dem Titel *Scheckiger Hund, der am Meer entlangläuft* in der Zeitschrift *Sowjetliteratur*, Nr. 4.

»Der Jäger Kodshodshasch«, aus: *Begegnung am Fudschijama.* Deutsch von Friedrich Hitzer. Die Erstausgabe erschien 1992 im Unionsverlag.

»Der Selbstmord der Wale«, aus: *Das Kassandramal.* Deutsch von Friedrich Hitzer. Die deutsche Erstausgabe erschien 1994 im Unionsverlag und wurde aus dem russischen Manuskript mit dem Titel *Tavro Kassandry* übersetzt.

Tschingis Aitmatow im Unionsverlag

Abschied von Gülsary
Der alte Tanabai und sein Hengst Gülsary haben ein Leben lang Glück und Not geteilt.

Du meine Pappel im roten Kopftuch
Iljas, der Lastwagenfahrer, will das verschneite Pamirgebirge bezwingen. Er verspielt die Liebe seines Lebens.

Der Richtplatz
Awdji Kallistratow, der ausgestoßene Priesterzögling, geht auf eine Reise, die ihm zum Kreuzzug wird.

Dshamilja
Die lebensfrohe Dshamilja lernt den träumerischen Danijar kennen und lieben.

Aug in Auge
Die unzensierte, vollständige Fassung von Aitmatows provokativem Erstling.

Die Klage des Zugvogels
Die frühen Erzählungen des großen Erneuerers einer erstarrten Literatur.

Ein Tag länger als ein Leben
Tschingis Aitmatows Vision und Warnung vor dem Untergang des Menschen durch die Technik.

Begegnung am Fudschijama
Im Gespräch mit Daisaku Ikeda zieht Tschingis Aitmatow Bilanz über Leben und Werk.

Der weiße Dampfer
Der Junge sieht in der Ferne einen weißen Dampfer, der ihn in seinen Tagträumen zum Vater bringt.

Das Kassandramal
Eine rätselhafte Erscheinung bringt die Menschheit in Aufruhr.

Goldspur der Garben
Die Kolchosbäuerin Tolgonai erzählt am Totengedenktag dem Feld von ihrem Leid.

Kindheit in Kirgisien
Tschingis Aitmatow erzählt von seiner Jugend, die ebenso reich war wie schwer.

Liebesgeschichten
Drei Liebesgeschichten, die zu den schönsten der Weltliteratur gehören.

Frühe Kraniche
Von der Schönheit und Härte des Lebens in der kirgisischen Steppe.

Der Schneeleopard
Weder für den Schneeleoparden noch für den Journalisten scheint es einen Platz zu geben auf dieser Welt.

Der Junge und das Meer
Die erste Robbenjagd des halbwüchsigen Kirisk wird zum lebensgefährlichen Abenteuer.

IRMTRAUD GUTSCHKE

Das Versprechen der Kraniche – Reisen in Aitmatows Welt

Tschingis Aitmatow – ein Schriftsteller von Weltgeltung, der auf einzigartige Weise in seinem Leben mehrere Epochen der Menschheitsgeschichte verband und seiner Zeit weit voraus gewesen ist. Keinen populärwissenschaftlichen Abriss zu »Leben und Werk« hat Irmtraud Gutschke verfasst. Sie nimmt den Leser mit auf eine Gedankenreise. Aus einer kirgisischen Jurte bis in den Kosmos – kaum ein anderer Autor hat solche Weiten im Blick. Menschen begegnen uns, die täglich ihrer Arbeit nachgehen und dabei gleichsam die ganze Welt auf den Schultern tragen. Tiere erleben wir als beseelte Wesen. Wir staunen, wie wir im Fremden Eigenes, Verlorenes, Vergessenes entdecken. Ein Idealist, ein Grübler ist Aitmatow gewesen, von romantischen Leidenschaften, aber auch von Bitterkeit bewegt.

»Manchmal habe ich Aitmatows Werk mit einem Gebirge verglichen. Es gibt nicht nur einen einzigen Pfad dort hinauf. Es wurden schon Straßen gebaut, Stufen geschlagen, und an Wegweisern mangelt es nicht. Aber das tiefste Erlebnis bietet ein Aufstieg auf persönliche Weise. Man ahnt vorher schon, dass Abgründe und Ausblicke in Erstaunen versetzen werden. Aber erst wenn man unterwegs ist, wird man ermessen, was dieses riesige Bergmassiv für einen selbst und für andere bedeutet.«
Irmtraud Gutschke

»Das Essay leuchtet vieles tiefer aus, was Aitmatow zu dem Poeten machte, der er war.« *Thüringer Allgemeine*

»In Gutschkes Buch erwachen die Gestalten aus Aitmatows Werken zu neuem Leben.« *Sächsische Zeitung*

»Ein Autor, der mit einem Werk von archaischer Wucht und feiner Psychologie fasziniert.« *Kölner Stadt–Anzeiger*

»Seine Sprache ist geprägt von der täglichen Auseinandersetzung mit den Kräften der Natur, dem Versuch, ihr Wohlwollen mit Gesängen und Bittsprüchen zu erhalten. Darin wohl liegt die Kraft der Worte Tschinags. Sie holen den Leser zurück zu den Ursprüngen.« *Thurgauer Zeitung*

Im Land der zornigen Winde
Das Ende des Liedes
Der Wolf und die Hündin
Tau und Gras
Die Karawane
Dojnaa
Auf der großen blauen Straße
Der singende Fels
Gold und Staub
Die Kraft der Schamanen
Der Mann, die Frau, das Schaf, das Kind
Liebesgedichte
Kennst du das Land
Kennst du den Berg
Mein Altai

»Galsan Tschinag ist der Dichter einer Landschaft, deren Extreme ihresgleichen suchen. Das Karge und auch das Liebliche prägen seine Steppen- und Gebirgsbilder. Ins Grenzenlose weiten sich seine Räume. Seine Nomaden erfahren sie in Gewittern und Stürmen als Experten der Ortlosigkeit.« *Badische Zeitung*

230301